AF740976

www.ingramcontent.com/pod-product-compliance
Lightning Source LLC
LaVergne TN
LVHW051113051026
849532LV00004BB/1539

9789369085835

لاوا

(افسانے)

آمنہ نازلی

Laava *(Short Stories)*

by: Amina Nazli

Edition: March '2025

Publisher :

Taemeer Publications LLC (Michigan, USA / Hyderabad, India)

ISBN 978-93-6908-583-5

9 789369 085835

کتاب : **لاوا** (افسانے)

مصنفہ : **آمنہ نازلی**

صنف : فکشن

ناشر : تعمیر پبلی کیشنز (حیدرآباد، انڈیا)

سالِ اشاعت : ۲۰۲۵ء

صفحات : ۱۱۴

سرورق ڈیزائن : تعمیر ویب ڈیزائن

فہرست

سعادت مند

دُلہن بن کر چھوٹی بھابی گھر آگئی تھیں۔ امّی جان چاروں طرف کی مُبارک سلامت سے اُکتا کر کہہ رہی تھیں۔

"ارے بیوی ابھی تیل دیکھو تیل کی دھار دیکھو۔ میرا دل تو اُس وقت ٹھنڈا ہوگا۔ جب بہُو گھر کو گھر سمجھ کر رہے۔ ساس نند دل کا حق پہچانے۔ آئے گئے کا آگا تاگا لے۔ میاں کے کان نہ بھرے۔ بڑے صاحب کی شادی کر کے تو جان زیچ میں آگئی ہے۔ ایسے ستم کی عورت ہے کہ میں نے تو کہیں دیکھی نہ سُنی۔ خو مختار ایسی کہ اچھے بھلے جوشن تڑوا کر موئی چھچھوری سی چوڑیاں بنوا ڈالیں! کُندن کی بالیاں اُجاڑ کر ننھی ننھی مُندریاں پہنے پھرتی ہے! چڑھاوے کے لال دو پٹہ کو عُنابی کرا کے جُھلسا دیا! گھر بار سے بے تعلق ہے کہ نو بجے دن تک

پڑی سُناتی رہتی ہیں۔ ننھا سا بچہ بغل میں دُولتیاں مار مار کر ننگا پڑا ہے۔ پھُلروا سی ٹانگیں یخ ہوگئی ہیں اور اماں جان ہیں کہ بال بکھیرے مُنہ پھاڑے بے تحاشا سو رہی ہیں! ارے بیوی دس بجے دن کو تو ساس سُسر کے سلام کو نکلتی ہیں بہو بیگم میرا تو دل بھی نہیں چاہتا کہ ایسی گُل دوپہریوں کو سلام کا جواب بھی دوں۔

لیکن دُنیا زمانہ کی غیرت، آئے گئے کا لحاظ، دعا دینی ہی پڑتی ہے اور میں کہتی ہوں "نند جیئے۔ نندوئی جیئے۔ نند کے چاروں بچے جئیں۔ بیٹی تیرا سائیں جیئے" میاں کو بھی ایسی پٹی پڑھا رکھی ہے کہ جہاں میں بولی اور وہ چٹ سے بیوی کی حمایت میں عذر پیش کرنے لگے "امی آج رات تو ان بے چاری کی ایک ٹانگ سے کھڑے گزر گئی۔ نہ جانے کہاں درد تھا۔ ننھے کے بس چیخیں مار رہا تھا" میں کہتی ہوں کہ اِس تریا چلتر میں کیا رکھا ہے۔ میرے تو ناخنوں میں بھری پڑی ہیں یہ باتیں۔ لڑکے کو سمجھا بجھا کر الو بنا لیا مگر میں نے یہ چونڈا دھوپ میں سفید نہیں کیا۔ دُنیا دیکھی ہے دُنیا!"

چھوٹے بھیا اپنی نئی نویلی دُلہن کے سامنے امی کی بے موقع باتیں سُن کر اُلجھاؤ میں پڑ گئے تھے اور نئی بھابی گھونگھٹ میں سر جھکائے بُت بنی بیٹھی تھیں۔

"بھابی"——؟ میں نے جھک کر اُن کے گھونگھٹ سے اپنا چہرہ ملادیا۔

نرم نرم دراز پلکیں بڑے سکون سے جھپکیں، اور دو ننھی ننھی بوندیں عروسِ نَو کی گرم گرم آغوش میں سمو گئیں۔ میری معصوم سی بھاوج بے پناہ اندیشوں کو پہلو میں دبائے لرز رہی تھی۔ کتنی کٹر ہیں امّی جان۔ آخر ان بے چاری کو کیوں سُنائی جا رہی ہیں یہ باتیں——امّی کی تو عادت ہی یہ ہے۔ کہ ہر بات میں مین میخ۔ ہر بات میں نکتہ چینی۔

مجھے تو بڑی بھابی بھی بہت اچھی لگتی ہیں۔ جب کوئی چیز مانگتی ہوں جلدی سے دے دیتی ہیں۔ بڑے بھیا کی لائی ہوئی پسندیدہ انگوٹھی کو جب میں نے للچا کر دیکھا تو بھابی نے فوراً ہی اپنی اُنگلی سے اُتار کر مجھے پہنادی۔ دُنیا کی کوئی چیز ہو بغیر مجھے کِھلائے اُن کے حلق سے نہیں اُترتی۔ اور بعض دفعہ تو وہ مجھے سوتے سے جھنجھوڑ کر سیخ کے کباب اور رس گلے زبردستی ٹھونسا دیتی ہیں۔ امّی کی لاکھوں فضیحتیوں پر بھی اُف نہیں کرتیں بے چاری۔ آخر اور کیا چاہتی ہیں امّی جان۔

اب یہ چھوٹی بھابی نگوڑی گھونگھٹ میں دبی دبائی بیٹھی ہیں لیکن کچھ کے اِن کے بھی لگ رہے ہیں۔

بس چھوٹی بھابی کا بازو آہستہ آہستہ سہلانے لگی۔

اور کچھ دیر کے بعد چھوٹے بھیا خیالات کے الجھاؤ سے نکل کر فاتحانہ انداز میں مسکرانے لگے۔ انھوں نے کہا۔

" امی آپ خاطرِ جمع رکھیں ہم دونوں ہمیشہ آپ کے فرمانبردار رہیں گے۔"

" بس میاں بس! کچھ تمھارے بڑے بھیا اور بھاوج تابع ہوگئے اور کچھ تم لوگ ہوگے۔ میرا بڑا تھا تو اللہ کی قسم شادی سے پہلے میرا ایسا مرید تھا کہ تم میں سے ایک بھی نہیں ہے لیکن بیٹا پانی کی دھار پتھر میں بھی غار ڈال دیتی ہے۔ تمھاری کیا حقیقت ہے۔"

امی نے مدبرانہ لہجہ میں کہا۔

" ایسا ہرگز نہیں ہوسکتا۔ امی جان! آپ کا بیٹا آپ کو ذرّہ برابر شکایت کا موقع نہ دے گا۔" چھوٹے بھیا نے دوبارہ زور دیتے ہوئے کہا۔

" ہاں کچکا اپنی بڑ۔ بس چُپکا ہو جا۔ وہ جو کہتے ہیں کہ نائی نائی بال کتنے کہ ججمان جی سامنے آئے جاتے ہیں۔" امی نے کھسیانی ہنسی ہنستے ہوئے کہا۔

" جی ہاں۔ جی ہاں!" بھیا مسکراتے ہوئے فراخ دلی سے بولے۔

اور ـــــ ایک دن چھوٹی بھابی نے اپنے بسنتی کُرتے میں ہلکا سا فیروزی رنگ دے کر دھانی کر لیا کیونکہ بھیا کے لائے ہوئے دوپٹے سے میچ کرتا ہوا کوئی کُرتا نہ تھا، جب بھابی امّی کو نئے دوپٹے کا سلام کرنے کے لیے جھکیں تو امّی کے ہاتھ سے غصّہ میں سروتہ اور چھالیہ کی ڈلی نیچے گر پڑی !

وہ گرج کر بولیں "لو دیکھو! آخر آگئی نا ان بہو بیگم میں خود مختاری۔ بھلا اچھا بھلا بسنتی کُرتا کس کی اجازت سے تم نے اِس کا رنگ بدلا کل کی آئیں ایسی مختار مالک بن بیٹھیں کہ جو جی چاہا کر ڈالا۔ پوچھنا نہ گچھنا صلاح نہ مشورہ۔ میرے تو دیدے پھٹے جاتے ہیں ان گُنوں کو دیکھ کر۔ تمہارا بس چلے تو ساس نندوں پر تیل چھڑک کر دیا سلائی لگا دو۔ لیکن ابھی تو میں زندہ بیٹھی ہوں۔ میاں کے غرّے میں آ کر اترا نہ جانا۔ سارے کَس بَل نکال کر دھر دوں گی۔ اور اُس کی کیا مجال ہے جو میرے سامنے بیوی کی حمایت لے۔ خدا کی قسم ابھی کان پکڑ کر نہ نکال دوں تو میرا نام پلٹوا دینا"

امّی کا پارہ بڑھتا جا رہا تھا اور بے چاری چھوٹی بھابی ایسی کانپ رہی تھیں جیسے قصائی کے سامنے گائے۔

چھوٹے بھیا بھی تلملا کر باہر نکل آئے۔ اُنھوں نے بھابی کی

طرف غصہ سے دیکھتے ہوئے للکار کر کہا۔

"اِس رونے دھونے میں کوئی نہیں آئے گا بیگم صاحب! امی ٹھیک کہہ رہی ہیں! امی حق پر ہیں۔ بھلا تمھاری یہ مجال کہ اُن کی اجازت کے بغیر جو چاہو کر ڈالو۔ اور وہ خاموش بیٹھی تماشہ دیکھتی رہیں۔ اگر تم میری امی کو خوش نہیں رکھ سکتیں تو میرے دل میں بھی تمھارے لئے کوئی گنجائش نہیں۔ میری جنت اِن کے قدموں میں ہے کیا تمھاری خاطر اپنی عاقبت خراب کر لوں۔

آگے بڑھو معافی چاہو۔ التجا کرو۔ ورنہ ــــــــ خوب سمجھ لو بیگم صاحب!!

بھیّا زور زور سے چیخ رہے تھے!

آخر یہ چھوٹے بھیّا اتنے دلِ جلے کیوں ہو گئے ہیں۔ یوں تو بھابی کی ہر بات پر دل و جان سے خوش تھے مگر اب کیسے ظالم ہو گئے!

میرا دل بھابی کی بے چارگی پر رونے لگا۔

بھیّا کی للکار پر بھابی دھاروں دھار روتی ہوئی امی کے قدموں سے لپٹ گئیں۔ اُن کی بڑی بڑی شربتی آنکھیں روتے روتے سوجھ گئی تھیں۔ امی کا دل پسیج چکا تھا اور وہ بھابی کی پیشانی اور سر کو

چوم چوم کر بھیا کو غصہ ـــ دیکھ کر کہہ رہی تھیں۔

" تو ہوتا کون تھا میری بچی کے معاملہ میں بولنے والا۔ خوب کان کھول کر سُن لے اگر آیندہ تُونے اِس کو ٹیڑھی نظر سے بھی دیکھا تو تیرا کان پکڑ کر باہر نکال نہ دیا ہو جب ہی سہی .. .. ..

اور تم اپنا دل کیوں بھاری کرتی ہو۔ بیٹی! ابھی تو میں زندہ بیٹھی ہوں۔ اس کی کیا مجال ہے جو میرے سامنے ایک حرف بھی تم سے کہہ سکے"۔

چھوٹی بھابی امّی جان کی شفقت سے بے انتہا متاثر ہو چکی تھیں۔ اُنھوں نے سسکیاں لیتے ہوئے دونوں باہیں امّی کے گلے میں ڈال دیں۔ اور امّی نے بھابی کو کلیجے سے لپٹاتے ہوئے کہا۔

"تم تو میری جان ہو میرے گھر کی رانی"۔

اور جب بھابی امّی کے کہنے پر اپنے کمرہ میں جانے لگیں تو اُن کا ایک قدم سَو سَو من کا ہو گیا تھا۔

بھابی کی سسکیوں کی آوازیں تیزی سے آ رہی تھیں۔

بھیّا چُپکے چُپکے کہہ رہے تھے۔

"میری بیگم! یہ سب تو ایک ڈرامہ تھا۔ میں بھی سعادت مند اور تم بھی فرمانبردار۔ یہ تو میں بھی جانتا ہوں کہ تم بالکل بے قصور ہو۔

لیکن یہ نوسو چوا مّاں کی محبت تمہارے لئے صرف اسی طرح خریدی جاسکتی تھی۔ مجھے معاف کردو۔ معاف کردو بیگم!"

بھابی کی سسکیاں ہلکی پڑ چکی تھیں۔ اور امّی جان گود پھیلا پھیلا کر کہہ رہی تھیں۔

"جیسا اِن دونوں نے میرا حق پہچانا الٰہی کُل کی بہوئیں اور بیٹے ایسے سعادت منداور فرمانبردار نکلیں"۔

خالو ابّا

"کیوں بھئی لمڈّے کی شادی کرلی اور ہم کو پوچھا تک نہیں ! پاکستان کیا بنا جیسے خون سفید ہوگئے !"

ماموں شبّن نے خالو ابا کی دست بُرد سے گریبان چھڑاتے ہوئے کہا۔

"بھائی میرے موقعہ ہی ایسا آپڑا تھا کہ کسی کو اطلاع نہ کرسکا۔"

"کیوں بے" خالو ابا نے گلے سے موٹی سی آواز نکالی "کیا بھگاکر لائے تھے کسی کی بیٹی کو !"

"استغفراللہ! میاں بازار ہے ذرا تو .. .."

ماموں شبّن نے گھبرا کر چاروں طرف دیکھا ایک راہ گیر دُور تک مُڑ مُڑکر ماموں شبّن کو دیکھتا چلا گیا۔

"اللہ بچائے اس موذی سے" ماموں دل ہی دل میں بُرا بھلا کہنے لگے۔

"اور کہو گھر کے کیا حال چال ہیں؟" خالو نے آنکھوں میں آنکھیں ڈال کر پوچھا۔

"اللہ کا شکر ہے عزّت آبرو سے کٹ رہی ہے۔"

"دوسرا لمڈا کیا کر رہا ہے؟" خالو آبا نے پوچھا۔

"پریکٹس شروع کی ہے۔"

"یعنی آمد وامد بھی ہے یا خالی پریکٹس؟" خالو نے دریافت کیا۔

"ابھی سے آمدی کے پیر شدی۔ جمعہ جمعہ آٹھ دن تو ہوئے ہیں" ماموں نے جواب دیا۔

"اور وہ جو چھوٹا بھربھر جھولی گنجے بھیج رہا ہے اس کی نہیں کہتے! کیوں صاحب یہ غیریت؟"

خالو آبا کا بس نہیں چل رہا تھا کہ وہ ماموں شبتن کی سلک کی شیروانی اتروا کر دو انگل کی لنگوٹی بندھوا دیتے۔

"اب تم کو تو مجھ سے زیادہ معلوم ہے۔ چلو یوں ہی سہی" ماموں روبنکھے سے ہونے لگے۔

"لونڈیا کی کب کر رہے ہو؟" خالو آبا نے پینترا بدل کر دیکھا۔

"جب اللہ کا حکم ہوگا۔" ماموں جان چھڑانا چاہتے تھے۔

"لو بھئی یہ بھی خوب کہی! ارے بابا تمھارا کیا ارادہ ہے غیروں میں یا اپنوں میں؟"

خالو نے بھنویں اونچی نیچی کر کے ماموں شبّن کو دیکھا۔

"ابھی سوچا ہی نہیں تو کیسے بتاؤں تم کو" ماموں نے کہا۔

"سوچ لو۔ خوب اچھی طرح سوچ لو۔ غیر غیر ہے اپنا پھر اپنا ہے۔ اور میں نے تو اپنی گھر والی سے صاف صاف کہہ دیا ہے کر کان کھول کر سُن لے۔ میں تو غیر بہو ہرگز بھی نہ لاؤں گا۔ جو ڈھاک کے تین پات بھی نوچ دے۔ میاں تمھارا بھانجہ ڈھائی سو کا ہوگیا ہے۔ اللہ چاہے تو دو چار سال میں ہزار پانسو پر آ جائے گا۔ تمھارے سر کی قسم رات دن وہ پیغاموں کی بھر مار ہے کہ میں سُنتے سُنتے عما جز آگیا۔ آؤ نا کسی دن ہمارے گھر۔" خالو، ماموں شبّن کا پُٹھا دبا کر بولے۔

"اللہ مالک ہے۔" ماموں پیچھا چھڑا کر ڈگ بھرنے لگے۔

"اور سنو تو سہی۔" خالو آبا نے پھر جا دبوچا۔

"ہاں ہاں" ماموں دس قدم پر جا کر رُک گئے۔

"میاں دن تو بتاؤ۔ کس دن آرہے ہو۔ پیر۔ منگل۔ بدھ؟ یا جس دن تم چاہو۔ میں گھر پر ہی رہتا ہوں۔"

"ابھی تو معافی چاہتا ہوں۔ پھر کبھی۔ ذرا مجھے جلدی .. .."
"میاں یہ نہیں ہوگا! اس ہفتہ کو آجاؤ۔ سُنا تم نے، وہ زور سے چیخ کر بولے۔"لمڈا ابھی گھر میں ہوگا!"
خالو نے دانت نکال کر ماموں شبتن کو دیکھا گویا سچ مچ وہ بڑے با اخلاق ہو گئے ہوں۔

نہ جانے کون سی منحوس گھڑی تھی کہ خالہ اماں دُلہن بن کر اُن کے گھر گئیں۔ بے چاری نے ایک دن بھی آرام نہ کیا۔ رات کو ایک ایک بجے تک تیل مالش کرتے کرتے اُن کی کلائیاں سوجھ جاتیں۔ پھر سارے دن چولھا چکی برتن۔ انگلیوں کی تو جیسے آدھی آدھی پوریں گھس گئی تھیں۔ پیاز کی بدبُو۔ لہسن کا بھبکا۔ دھوئیں کی کھکرا ندہا لا موٹے موٹے مرغ۔ چکنے چکنے تیتر۔ بٹیروں بھری پتیلی جو ذرا سی دیر میں خالو چٹ کر جاتے۔ جلدی بھی ایسی ہوتی کہ ابھی بھُرتہ بھان کر پیٹ میں اُتار لیں۔ دو دو وقت چھوڑ کر جب خالو تیسرے وقت کھانا کھانے بیٹھتے تو کیا امیر کیا رئیس راجے مہاراجے بھی نہیں کھا سکتے تھے۔ وہ غذا جو خالو منٹوں میں چٹ کر جاتے۔ کھانا پکوانے کا بھی ایسا ملکہ تھا اُن کو جیسے ماہر ترین باورچی ہوں۔ سارے مصالحوں کے

نام۔ گلانے کی ترکیب ۔ بھوننے کے انداز۔ قسم قسم کے کھانے نہ جانے کہاں کہاں سے سیکھ کر آتے اور بے چارن خالہ اماں تختۂ مشق بنتیں۔ کھڑے دھنئے اپنے سامنے پسواتے۔ مجال تھی کہ چکی کا پسا دھنیا تو ڈال جائے۔ پہچان بھی اس غضب کی کہ زبان کی نوک پر رکھ کر چکھا اور مصالحوں کے نام گنوا دیئے۔ یہ ہی نہیں بلکہ ذرا سی بھی غلطی ہوئی تو وہیں پکڑ لیا اور لاکھوں فضیحتیاں کر ڈالیں۔ خالو کی خوش خوراکی کا ایسا شہرہ تھا کہ پاس پڑوس میں محلہ ٹولہ میں ہی نہیں بلکہ دُور دُور شادی بیاہ کے موقعوں پر لوگ اُن کو گھسیٹ کر لے جاتے۔ ساری رات باورچی کے سر پر خالو ایک ٹانگ سے کھڑے رہتے۔ کبھی گھی کبھی دودھ چکھتے اور کبھی چاولوں کو ہتھیلی پر رکھ کر مل مل کر سونگھتے۔ کیا مجال کہ ایک چیز بھی ان کی مرضی کے خلاف ہو۔ اور اگر کسی نے چیں چپڑ کی تو وہ یہ کہتے ہوئے چل دیتے کہ

"لو میاں اپنی مرضی کا پکواؤ۔ ناک پکڑ دو اور ڈبکی لگاؤ"

ان نخروں کے بعد کون سا ایسا تیرانداز تھا کہ خالو کو بُلا کر مخالفت مول لیتا۔ دیکھنے والے دیکھتے اور تاڑنے والے تاڑ جاتے بچا ہوا گھی۔ شکر کی تھیلیاں۔ زعفران الائچی اور نہ جانے کیا کیا خاک دُھول دھیرے دھیرے ٹھکانے لگ جاتی اور کھیری گردے

تو ہانکے پکارے کنستر میں ڈال کر وہ ایسے لے جاتے جیسے یہ سب ان کا ہی حق ہوتا

البتہ کھانا کھلاتے وقت چیخ چیخ کر کہتے۔

"دیکھو میاں یہ اُٹھا لو۔ ان کے پر ہوتے ہیں۔ میں ذمّہ دار نہیں ہوں۔ یہ زلزلۂ ایمان ہیں"۔

اور پھر دو چار لال روٹیاں وہ اپنی لمبی لمبی جیبوں میں جلدی جلدی بھر لیتے۔

باورچی اور بیرے مُسکرا مُسکرا کر کانا پھُونسی کرتے اور وہ دانت نکال کر کہتے۔

"کیا کھچڑی پکار کھّی ہے تو تم بھی لو"۔

اور پھر وہ گدّی کی گڈّی اُن کی طرف بڑھا دیتے۔

"یہ رشوت نہیں"۔ وہ رازدانہ لہجہ میں کہتے۔

"کھاؤ۔ خوب کھاؤ۔ کھانے کی چیز میں کوئی چوری نہیں"۔

اور جب ایک دوپہر کو خالو ابا تہمد باندھے کھرّی چارپائی پر لیٹے تو خالہ اماں حسب معمول پنکھا جھلنے بیٹھ گئیں۔

"آج کا کھانا بڑے مزے کا تھا"۔ خالو ابا خلال کرتے ہوئے

بولے " اصل میں اب ہوئی ہو تم اُستاد۔ بڑی محنت کرنی پڑی
تم پر"، وہ بیوی سے خوش تھے۔
مگر" اب تو جلدی سے بہو آجانی چاہئے۔ تمھارے سر کی قسم
بعض دفعہ تو بہت ہی تھک جاتی ہوں " خالہ اماں نے غمزہ
سے کہا۔
" یہ تو میں بھی چاہتا ہوں کہ جلدی سے بہو آجائے مگر تم نے
تو لونڈے کو چوڑیاں پہنا کر بٹھا دیا ہے۔ میں نے تو کبھی یہ نہیں سنا
کہ کوئی ناچ گانا کوئی طائفہ، کوئی کوٹھا! لاحول ولاقوۃ الاّ بلاّ۔ کون
دے گا اس کو اپنی بیٹی ؟"
خالو ابا غصّہ میں جھرجھری لے کر اُٹھ گئے۔ اور خالہ اماں
مٹر مٹر اُن کا منہ تکنے لگیں۔

خالہ امّاں

سات بہنوں میں ایک خالہ اماں کا دَم رہ گیا تھا۔ ورنہ کسی نے دو چھوڑے کسی نے تین اور کوئی شادی ہوتے ہی اللہ کو پیاری ہوگئی مگر خالہ امّاں کی کوکھ میں ایسے پتھر بھرے کہ چوہا بھی نہ ہوا۔ اور سبے چارے داروغہ جی اولاد کا ارمان لے کر سدھار گئے۔ کئی بار اُنھوں نے چونچلے میں آکر بیوی سے کہا کہ "دیکھنا کسی دائی کو! کسی ڈاکٹرنی کو یا پھر آپریشن"۔

مگر خالہ چڑ کر کہتیں "بس رہنے دو اپنا سُہاگ ۔ ایسا کون سا دولت میں زنگ لگ رہا ہے یا گدّی چھن رہی ہے۔۔ جو بے تاب ہوئے جا رہے ہو"۔

اور داروغہ جی ٹکر ٹکر بیوی کا مُنہ دیکھتے رہ جاتے۔

"مگر اس میں حرج ہی کیا ہے۔ دکھا تو دو تم!" اُن کی طبیعت نہ مانتی۔

"کہہ تو دیا کہ میرے پاس اتنا نہیں ہے کہ موئی دائیوں کی دوزخ بھر دوں"۔ ایسے ہی چونچلے اچھل رہے ہیں تو ایک اور کر کے دیکھ لو"۔ خالہ شاطرانہ نظروں سے داروغہ جی کو دیکھتیں۔

"استغفر اللہ! تم بھی بات کہاں سے کہاں لے گئیں"۔ داروغہ جی ہکلانے لگے۔

اور کچھ دن کے بعد خالہ آماں نے حسنا کو گود لے لیا موئی بہن کی نشانی خالہ سے زیادہ اور کون ہو سکتا تھا۔ مثل مشہور ہے کہ ماں مرے ماسی جیئے اور پھر یوں بھی خالہ اپنے گھر کی مالک مختار۔ روپیہ کی ریل پیل میاں طبیعت کے شریف۔ کہنے کو تو لوگ کہتے ہیں کہ خدا پولس کے پیسہ سے بچائے جن انتڑیوں میں اس کا زہر اُتر جائے۔ سات پیڑیوں تک لالچ کے بیج بو دے، مگر اللہ بخشے داروغہ جی بچوں کی طرح معصوم اور نیک! ایسے بھولے بھالے کہ اگر خالہ آماں جیسی بیوی نہ ہوتیں تو مکھیاں ہی مارتے۔ معاملہ یہ کرتیں کام اُن سے لیا جاتا۔ وہ ٹالتے یہ بُلاتیں وہ ڈانٹتے یہ پُچکارتیں اور پرلے دروازے سے جھولی دیا ئے جُھکے جُھکے تجوری میں انڈیل دیتیں۔ اور چپکے سے پھر

ایک نئی حویلی خالہ اماں کے نام چڑھ جاتی ۔

جب سے داروغہ جی اللہ کو پیارے ہوئے محلے میں پڑوس میں خالہ کی مقبولیت بڑھتی چلی گئی ۔ بلکہ پاس پڑوس والے بغیر اُن کے نوالہ بھی نہ توڑتے، کسی کی شادی ہے تو پہلے خالہ موجود کہیں ختنہ ہیں تو ساری ساری رات جاگ کر صبح کر دیتیں ۔ مرنے میں جینے میں جننے میں جاپے میں، ا، چھوانی کے کٹورے کو نادھ کھانوں کی پنجیری، تبارک کی روٹی کوئی ایک حصہ تھا کہ گنوایا جائے اور ویسے وہ خود بھی دُوراندیش کہ ہر محلے پتیلا چڑھا اور انھوں نے چولھا ٹھنڈا کر دیا۔ برابر کے گھر سے کھٹی میٹھی خوشبو آئی ۔ ادر انھوں نے گندھے ہوئے آٹے میں سے دو پیڑے اُٹھائے اور کٹوری میں پانی ڈال شام کے لئے رکھ دئے۔ چولھے پر چڑھی ہوئی ادھ کچری دال چھلنی میں ڈال دھوپ میں پھیلا دی ۔ مگر ان کا اندازہ بھی اتنا جچا تُلا ہوتا کہ خوان پوش میں ڈھکی ہوئی گرم گرم تندور کی روٹیاں کٹورا بھرا سالن حلوہ کی پلیٹ اُن کے کھانے سے پہلے موجود۔ لٹوریاں لٹکائے ناک سُڑ سُڑ کرتی پڑوسن کی لڑکی جب سینی اُن کے آگے رکھتی تو وہ خوان پوش اٹھا کر تیوری چڑھا کر کہتیں

"پچھلی بھی تو تلی تھی تیری اماں نے! اب بولتی کیوں نہیں ؟"

خالہ اماں کی قوت شامہ کے آگے کیا مجال تھی کہ کوئی چھوٹ تو بول

جائے۔ لڑکی سہم جاتی جیسے بہت بڑی چوری کی ہو اُس نے۔

"اماں کہہ رہی ہیں بھول گئی تھی"۔ تھوڑی دیر میں لڑکی سرپوش سے ڈھک کر مچھلی کے دو ٹکڑے خالہ اماں کے لئے لے کر بھاگی ہوئی آتی۔

"اماں بھول گئیں تھیں خالہ اماں"۔ وہ دوبارہ خالہ اماں کو یقین دلانے کی کوشش کرتی۔

"خیر کوئی بات نہیں ہے بھول چوک تو انسان سے ہو ہی جاتی ہے وہ سب کچھ سمجھتے ہوئے انجان بن کر کہتیں۔

سب کہتے تھے کہ خالہ اماں تہجد گذار ہیں جب ہی تو ساری رات اُن کے حجرہ میں بتی جلتی رہتی، جہاں بڑے بڑے کئی صندوق تلے اوپر رکھے رہتے مگر کنجیوں کا گچھا ان کی جان کے ساتھ کمر بند میں چھن چھنا تا رہتا۔ شاید وہ صبح سویرے کی نماز پڑھ کر سوتی تھیں جب ہی تو نو بجے تک خراٹوں سے سارا گھر گونجتا رہتا۔ اور بیچاری حُسنا چائے دم کر کے ایک کونے میں دبکی سکڑی اپنی گڑیوں کو اوڑھنی اُڑھاتی رہتی۔ اڑوس پڑوس کی بچیاں دروازے کی جھریوں میں مُنڈیا ہلا ہلا کر حُسنا کو بلاتیں مگر وہ اس پیڑی سے نہ ہلتی۔ جو خالہ اماں نے اس کے لئے تجویز کر دی تھی۔

ایک رات جو حُسنا کی آنکھ کھلی تو خالہ اماں غائب اور حجرہ میں

بتّی جھلملا رہی تھی اس نے بند کواڑوں کی درزوں میں ایک آنکھ چپکا کر دیکھا نوٹوں کی گڈّیاں ۔ سینی بھرے ہوے روپے! مگر یہ خالہ آماں رات کو کیا کررہی ہیں اتنے پیسوں کا۔ دیوار پر کالی کالی لکیریں بنا بنا کر۔ یہ بھی کوئی گنتی ہے۔ اس سے لاکھ درجہ اچھا حساب تو اس کو آتا ہے۔ جمع تقسیم ضرب۔ نفی ..... جو چاہو نکلوالو۔ اس کی سمجھ میں کچھ بھی نہ آیا اور وہ سوچنے لگی کہ اس کو مٹھی بھر پیسے مل جائیں تو وہ محلّہ بھر میں چھن چھلاتی پھرے۔ چنے چھولے۔ امرود۔ کتارے۔ ہائے اللہ کتنا مزہ آئے۔ اُس رات اس نے خواب میں کونوں کھدروں سے موری ہودے سے بہت سے پیسے پائے۔ خالہ اماں یوں تو اس پر جان دیتی تھیں مگر جب وہ بوسکی کی شلوار کے لئے گھگھیا کر کہتی تو اُن کی تیوریاں چڑھ جاتیں اور دانت پیس کر کہتیں۔

"مچھ رانڈ دُکھیا کا کون بیٹھا ہے کمانے والا۔ تیری تو آنکھیں پھٹ گئی ہیں۔ حرص پٹی کہیں کی"۔ اور حُسنا سہم کر چُپ ہو جاتی۔

خالہ آماں لاکھ نائی نگوڑی سہی مگر صبح سے شام تک اُن کے پاس آنے جانے والوں کا تانتا لگا رہتا یا پھر اُن کے بُلاوے چلے آتے۔ البتہ اکیلے دو کیلے کے لئے دو بُل ڈاگ پال لئے تھے۔" جس گھر کا کوئی سر دھرا نہ ہو۔ جس عورت کا کوئی سر پرست نہ ہو۔ اکیلی

ماں بیٹیاں اور پھر لڑکی بھی سیانی ہو چلی تھی۔

خالہ اماں کی آنکھوں میں داروغہ جی کا ذکر کرتے ہوئے بار بار آنسو آ جاتے۔ آواز بھرا جاتی۔ ہونٹ پھڑکنے لگتے ..... اور یوں بھی اُن کو رونے کا ایسا ملکہ تھا کہ جب چاہو اور جہاں چاہو رُلا لو۔

گھر میں بیٹھے بیٹھے تو کنوئیں بھی خالی ہو جاتے ہیں۔ قارون کا خزانہ بھی ہو تو کب تک؟ وہ جو کہتے ہیں کہ بھلا ہو بھلا۔ خالہ لاکھ کڑوی سہی۔ مگر ہر ایک کے پھٹے میں پاؤں دینے کو تیار! انھیں اصل کی تو پرواہ تھی نہیں مگر سو پر پانچ ایسی بڑی رقم نہ تھی کہ کوئی نہ دے سکے۔ محلہ ٹولے ہی میں نہیں بلکہ قصبہ بھر میں خالہ کا پیسہ فیضان رحمت بن کر لوگوں کے کام آ رہا تھا اور "مجھ رنڈیا دُکھیا کا کوئی رکھ کر کیا کرے گا۔" اُن کے نتھنے پھولتے۔ ہونٹ کپکپاتے۔ ٹھوڑی تھرتھراتی ..... ایسا معلوم ہوتا جیسے وہ ابھی بیوہ ہوئی تھیں۔

قمرو سقّے کی بیوی پانچ بچّوں کو لے کر رانڈ ہوئی مگر عورت تھی دستکار اور سُگھڑ۔ لیکن کہاں ہاتھ کی سلائی کہاں مشین کے فرّاٹے ایک دن سُنتے سُناتے خالہ اماں کے ہاں پہنچی۔ گھنٹہ بھر پاؤں دبائے۔ کولھوں پر مُکّیاں لگائیں۔ جھاڑو برتن کر کے اُٹھی تو ڈرتے ڈرتے خالہ کو ساری رام کہانی سُنائی اور کہا کہ خالہ اگر تمہاری جوتیوں

کے طفیل ہیں مشین مل جائے تو دلدّر دور ہو جائیں گے ۔ تمھارا ٹانکہ ٹوبا لحاف گدے عمر بھر سلواتا اگر کبھی انکار کیا ہو تو. جو چور کا حال سو میرا حال"۔ نہ جانے کون گھڑی کی مشین آئی کہ قمرو کی بہو کو ایک دن بھی سینا نصیب نہ ہوا۔ موتی، بھرہ، پانی. جھرہ، کھسرہ جان کے لالے پڑ گئے مگر خالہ کی قسط نہ پہونچنے کا دھڑکا کہ ایک مہینہ تو صاف نکل گیا دم فنا ہونے لگا لیکن خالہ بھی کہاں تک صبر کرتیں ۔ بے چاری بہتیرا بلبلائی ۔ تڑپ لی منتّیں کیں مگر خالہ نے بلڈاگ کو لشکار دیا اور مشین اُٹھا کر لے آئیں ۔

کچھ دن سے خالہ اماں کو ایک بڑا روگ حُسنا کی شادی کا لگ گیا تھا دن بھر کھوئی کھوئی سی رہتیں، پہروں کروٹیں بدل بدل کر سوچتیں کہ ہلدی لگے نہ پھٹکری اور رنگ چوکھا آئے ۔ اُنھیں اس بات کا بڑا ملال تھا کہ اُنھوں نے پالا بھی تو لڑکی جو دان دہیز سب ہی لے کر جائے گی۔ دیتی ہیں تو مشکل نہیں دیتیں تو مشکل ۔ اگر آج لڑکا ہوتا تو چار پیسے ہاتھ میں آتے ۔ سال چھ مہینے کی کمائی کھاتیں اور پھر کسی امیر گھرانے پر دھاوا بول دیتیں مگر یہاں تو گرہ کا دینا پڑ گیا۔

حُسنا کے لئے پیغاموں کی کمی نہ تھی ۔ مظفر۔ تسنیم ۔ گوہر یہ لڑکے تو اپنے گھر کے ہی تھے اور پھر دُور پرے سے بھی کئی پیغام آئے ہوئے تھے۔ اور خالہ نے فرداً فرداً سب کو یقین دلا دیا تھا کہ حُسنا کی شادی ہوئی تو بس

ختم سے ہو گی۔ لڑکے بھی ایسے بے وقوف کہ دن رات تحفوں کی بھرمار کر دی خالہ کو چھینک آئی اور نسخہ لے کر دوڑے۔ ذرا سا نزلہ ہوا تو ڈاکٹر کولے کر موجود اور پھر خالہ ایسی بھولی بن کر پینترے سے باتیں کرتیں کہ تینوں چاروں لڑکے مہینہ بھر کی تنخواہ آٹھ دن میں جھاڑ جاتے۔

"اے دیکھو بیٹا مظفر! بڑے پیار سے وہ خطاب کرتیں۔

"جی فرمائیے خالہ اماں!" مظفر ہمہ تن گوش بن جاتے۔

"میں کہہ رہی تھی بیٹا کہ اللہ رکھے اب آٹھویں جماعت میں آ گئی ہے سُنا اُستانی کہتی ہیں روز دیر کر کے آتی ہے اتنا بڑا سارا گھنٹہ ٹنک رہا ہے مگر وہ بچی کہتی ہے مجھے گھڑی منگا دو (ہنس کر) اب میں بھلا گھڑی خریدنی کیا جانوں"۔

"بس اتنی سی بات"۔ اور مظفر کے سارے مہینے کی تنخواہ میں چمکتی دمکتی ٹک ٹک کرتی گھڑی آ جاتی اور پھر تسنیم۔ مظفر۔ گوہر۔ شمشاد۔ کبیر۔ پانچ سات لڑکے اُمیدواری میں خالہ اماں کے آگے پیچھے پھرتے اور خالہ اماں سب کو تسلّی تشفّی دے کر کپڑا۔ زیور۔ برتن۔ گھی۔ گڑ۔ چاول دُنیا بھر کی چیزیں بھرتیں۔

"بہت امیر کبیر آدمی ہے۔ سات ہزار تو نقد دینے کو تیار ہے اور پھر جوڑا چڑھاوا! کیا دوسری شادیاں ہوتیں نہیں؟ اور پھر بڈھے کی جورو!

بہتیرے لاڈ چو نچلے ہوں گے۔"

فجو کی ساس نے رازداری کے لہجہ میں گیا گیا یا پُتَّلِس گرم ڈالیں اور خالہ امّاں کے من میں لڈّو پھوٹنے چلے گئے۔ مگر انھوں نے بڑی ہچایکدستی سے مُنہ بنا کر کہا۔

"ایک نہیں دس پیغام موجود ہیں لڑکی کے اللہ کی قسم دہلیز کی مٹی سے رکھی ہے یہ تو تمھارا مُنہ ہے فجو کی ساس کہ اتنی حامی بھی بھر رہی ہوں ورنہ سوکن پر بیٹی اور وہ بھی بڈّھا! کلیجہ پر ہاتھ رکھ کر خدا لگتی کہنا۔ تم بھی بیٹی والی ہو۔"

خالہ کے گلے میں کبوتر سے بولنے لگے انھوں نے آنسو کی بوندیں دوپٹہ سے مسلتے ہوئے کہا۔

"بس دس پر فیصلہ کرا دو۔ یہ بھی تمھارا منہ ہے فجو کی ساس"

نانا ابّا

"کیا گھونٹ رہی ہو بیٹھی انگنائی میں! چلو اندر آؤ! غضب خدا کا یہ لوؤں کے جھکّڑ، پہاڑ سی دوپہریا، مگر کیا مجال ہے کہ تم لوگ منٹ بھر بھی آنکھ جھپکا لو۔"

امّی بھی بڑی ویسی ہیں! میری بیچاری گڑیا کا کرتا۔ اور اگر اس کو لو لگ گئی تو ــــ؟ اِن کا کیا جائے گا بیچاری کا، روز روز اندھیرے کمرے میں بند کر دیتی ہیں سب کو، بیچاری شدھی انگوڑا ننھا، تھپک تھپک! پسلیاں بھی دکھ جاتی ہوں گی اُس کی۔ میرا بیچارہ ننھّا سا بوا میرا کیا تھا۔ ادھر امّی کی آنکھ جھپکی اور میں تماشے!

نانا ابا کا پلنگ بھی بڑے مزے کا تھا، اور برابر میں نانی امّاں کی چارپائی، نیچے گھُسے گھُسے ڈھیروں کپڑے سِل جاتے تھے میری گڑیا کے

اللہ اِس کے مُنہ سے مچھن کے بھی تو..... !

"اُوں ہونک،..... نانی اماں خر خر کرتے ہوئے چونک جاتیں، اور میں جلدی سے اپنا گھٹنا سُکیڑ لیتی۔

"کون ہے؟" نانا ابا لمبی سی ڈاڑھی لٹکا کر نیچے جھانکتے "ارے یہ بلّی۔ اُنھیں ہنستے ہنستے دھانس سی لگ جاتی، میرے نانا ابا۔ گرمیوں میں تو مجھے نانا ابا بہت ہی پیارے لگتے ہیں، کیسے اُجلے اُجلے کپڑے پہنتے ہیں وہ سفید سفید دودھ کی طرح، اور نانی اماں کے ہاتھ کے سِلے ہوئے کیکری کٹاؤ کے کُرتے! جیسے باغ کِھل گیا ہو وہ بے چاری عینک لگا لگا کر سیتی ہیں یہ کُرتے! اور سردیوں میں تو بالکل چُغد معلوم ہوتے ہیں وہ، روئی کا موٹا سا لبادہ روئی کا پاجامہ ــ اور کنٹوپ پہنے لنگور کی طرح چھی چھی..... اور پھر بھی یہاں درد دہاں درد، کھاں کھاں، کھوں کھوں، ہمت تیرے کی! گرمیوں میں تو جیسے جوڑ جوڑ کھل جاتا ہے نانا ابا کا۔ نانی اماں سے تو اتنی محبت کرتے ہیں کہ مجھ سے بھی کیا کریں گے بے چارے، روز روز پھولوں کی گول گول بالیاں، جھم جھماتے تاروں کا کنٹھا۔ دُور سے ہی لپٹیں آتی ہیں..... سب کو۔

اور یہ نانی فرخ کون ہیں آخر! جب دیکھو بھائی بھائی کہہ کر جان کھا جاتی ہیں نانا ابا کی، نانی اماں نے بتایا تھا کہ بیٹی یہ تمھارے نانا ابا

کی خالہ زاد بہن ہیں۔ چھوٹی نانی اماں کہا کرو ان کو!

اور ــــ ایک دن جب نانی فرخ چلچلاتی دھوپ میں آئیں تو نانی اماں جلدی سے ان کے لئے شربت بنانے چلی گئیں۔ کمرہ میں ہلکا ہلکا اندھیرا تھا۔ خس کے پردوں پر پانی کی ننھی ننھی بوندیں ٹپاٹپ گر رہی تھیں۔ اور دھنّو چماری فرشی پنکھے کی رسّی پاؤں میں لگائے باہر دالان میں لیٹی بار بار اونگھ رہی تھی، اس کی چاند پر بندھا ہوا نکیلا جوڑا رسان سے آگے پیچھے سرک رہا تھا ــ نانی فرخ گاؤ تکیہ سے ہٹکر نانا ابا کے پلنگ کے پاس سرک آئی تھیں، پھر.... ر... ر نانا ابا کروٹ لے رہے تھے۔

"ماموں جمیل کے زینے میں وہ ... بات کیسی گھبرا کر بھاگی تھیں تم! کیوں فرخ!"

نانا ابا ڈرامائی انداز میں جوانی کا ایک واقعہ یاد دلا رہے تھے۔

"کون سی، کون سی؟"

نانی فرخ کی باچھیں پھیل گئی تھیں۔

"اِدھر آؤ ..... اِدھر آؤ..... بتاؤں تم کو!"

نانا ابا نے ان کا سفید دوپٹہ کھینچتے ہوئے کہا۔

"نہیں مانو گے ..... تم!"

نانی فرخ ٹھنک کر پھر سے ہنس دیں۔ ٹوٹے ہوئے دانتوں کی

خلا سے چھالیا کے دانے پُھدک پُھدک کر چاندنی پر بکھر گئے۔ بے چاری نانی اماں کی سفید بے داغ چاندنی، لال لال چھیاں!

نانی اماں نے بھابیں اُٹھتے دو شربت کے گلاس نانی فرخ کے سامنے رکھ دیئے...... میرے اللہ یہ ٹھنڈی ٹھنڈی بھابیں، میرا دل چاہا کہ ایک گلاس اُٹھا کر پی جاؤں۔

"اوں...... ہوں کون ہے یہ!" نانا ابا نے پلنگ کے نیچے جُھک کر دیکھا اور جلدی سے ایک گلاس میری طرف بڑھا دیا......

آج وہ بلّی کہنا بھول گئے تھے مجھ کو......!

بھاؤ تاؤ

"اللہ بچائے ان عورتوں کے سودے سے، اچھے سے اچھا لاکر دو مگر ان کے بھاویں ہی نہیں آتا۔ تو ئی بھدی ہے ٹھپتہ سویا سویا ہے، اور ململ دیکھو جیسے گزی کی طرح ڈھٹا ڈھٹ۔ بھلا اس گرمی میں گردن اُبل کر نہ رہ جائے گی"۔ جھک جھک، پٹ پٹ، ہر چیز میں مین میخیں، نزاکت کا یہ عالم! دماغ کی یہ بو باس! کون منع کرتا ہے تمھیں بازار جانے کو خود لے آیا کرو نا اپنی چیزیں، میری جان کو تو اس روز روز کے جھکندن سے امن مل جائے گا"۔ میاں نے تھنجھلا تے ہوئے اجازت نامہ دے دیا۔

"ہاں ہاں لے ہی آئیں گے خود! تمھاری محتاجی سے تو نجات ملے گی۔ لینا ایک نہ دینا دو۔ مفت کی دھونس ہی دھونس جمانی آتی

ہے تم کو تو! ہماری بھی ٹانگیں ہیں۔ چل نِنھے کھڑا ہو؟"

بیگم سر پر برقعہ ڈال دو پہر یا میں شاپنگ کے لئے نکل گئیں۔ ایک ایک دوکان پر دس دس چکر کئے۔ دسوتی سے لے کر ململ تک کا بھاؤ پُوچھ ڈالا، کئی ایک سے تو قیمت کے اوپر اُلجھ گئیں اور کئی ایک سے کپڑے کی بُناوٹ پر بحث و مباحثہ کیا، سہی سہارے پھرے اور جب کئی ایک سے نکو بنایا تو کٹ پیس والے کے ہاں جا کر دم لیا۔ آج ہی کی آئی ہوئی گانٹھ بدنصیب نے کھول کر سامنے رکھ دی ایک ایک پیس کو گنجولا، دوڈھائی پونڈ کپڑا تُلوا یا وزن کے حساب سے پیسے پوچھے گز کے حساب سے معلوم کیا، پونڈ شلنگ کا پہاڑہ بھی اس وقت دماغ سے اُتر گیا، سمجھ میں نہیں آیا کہ لیں یا نہ لیں۔ ہاتھ پر کپڑا ڈال کر وزن کا اندازہ کیا، بانٹوں کو اُٹھا کر دیکھا، چُٹکی سے کنارہ کو مسک کر دیکھا اوئی گلا ہوا بھی ہے، بس دو ٹکڑے دیدو۔ روپے کے حساب سے تو مہنگا ہے، کیوں بھئی دس آنے دو گے۔

"نہیں صاحب بھلا اتنا فرق" دوکان دار نے لا پروائی سے منہ پھیر لیا۔

"اچھا تو ساڑھے دس آنے کے حساب سے دے دو" بیگم نے فیّاضی سے کہا۔

"معلوم ہوتا کہ آپ کو لینا ہی نہیں ہے! چار گھنٹے میں دو ٹکڑے پسند کئے اور پھر بھی اتنے کا دے دو اور اتنے کا دے دو مفت کا مال ہے نا لے جاؤ سب!" دوکان دار نے لال لال دیدوں سے سیاہ برقعہ کو دیکھا اور بیگم ننھے کا ہاتھ پکڑ آگے نکل گئیں۔

فٹ پاتھ پر بیٹھے ہوئے دکھیارے مہاجروں نے کپڑوں کی ڈھیریاں لگا رکھی ہیں۔ بولی لگا لگا کر سستے سے سستا بیچتے ہیں اور ایک وہ اللہ دیے ہیں جو بڑی بڑی دوکانوں پر گاؤ تکیہ لگائے بیٹھے ہیں کبھی یہ مونچھ مروڑتے ہیں اور کبھی وہ مونچھ سونتے ہیں، لیکن روپے کے پونے سولہ آنے تو کر دالے کوئی۔ اور بھئی یہاں کس کے پاس اتنا پیسہ ہے کہ منہ بولی رقم ہر کا دی جائے۔

"کیوں بھئی یہ ململ کیا بھاؤ دی؟" بیگم نے فٹ پاتھ کے ایک بزاز سے پوچھا۔

"بہت سستی ہے لے جاؤ، چار تھان آئے تھے آج، بس یہ دس گز کا ٹکڑا بچا ہے ڈیڑھ روپے بیچی ہے تم دو پیسے کم دے دینا ناپ دوں نا سب؟"

"سب کیا ہوگا پیسے بھی تو بہت ہیں چل ننھے آگے چلیں۔

"نہیں چلتے ہم!" لے لونا۔ ننھا تھک کر بے غیرت ٹٹو

کی طرح اڑ گیا۔

"ارے چلتا کیوں نہیں چل آگے چل کر لے لیں گے!"
بیگم نے ننھّے کے سر پر ہاتھ پھیر کر پچکارا۔ وہ پُھسلی جوتی رگیدتا ہوا رینگنے لگا۔

"سُنو تو اماں جی! اور آنے دو آنے کم کر دوں گا تمھارے لئے" فٹ پاتھ والے نے ایک آنکھ دبا کر چیخ کر کہا۔

"اماں جی کا بچّہ! اس کے منہ پر جھاڑو ماروں، دیکھا نہ بھالا اور جس کو چاہا اماں جی بنا ڈالا..... غضب خدا..... کا"
بیگم کا دل چاہا کہ ابھی نقاب اُٹھا دوں! کوئی ایسا ویسا سمجھ رکھا ہے اِن اللہ ماروں نے، درمیانی عمر، گول گول بھروان ڈیل، اُبھری ہوئی آنکھیں، کسی بندھی — فراز سے نشیب تک — پکّے پان، پرانے چاول، ایک اُبال میں چاندی کی طرح نکھر گئے، مٹھی بھر کے پھنکو اور دانہ دانہ سمیٹ لو، لعنت ہے اس کے اوپر اب تو چاہے مفت بھی دے تب بھی نہ لوں گی اس کی ململ! بیگم نے جھنجلا کر۔ نقاب پلٹ دیا اور ننھّے کا ہاتھ پکڑ کر گھسیٹتی سے دُکانیں دو سرے دُکاندار نے ازراہ ہمدردی آواز لگائی "اجی مجھ سے لے لو۔

کیا چاہیے ہے نانی اماں ؟"

"ودئی، ودئی! ..... لو اور سنو! دور پھٹے سے منہ، تھوک تیرے جنم میں، آنکھوں کا اندھا نام نین سکھ! دیکھ کر بات نہیں کی جاتی مردار سے۔

"آخر تو چلتا کیوں نہیں ہے۔ ننھے کے بچے!"... چٹاخ۔

"اچھی اب نہیں"۔ ننھے کے کلے پر پانچوں انگلیاں ابھر گئیں۔

"اچھی کے بچے ..." تڑاخ! "آخر تو نے سمجھا کیا ہے مجھ کو! چلتا کیوں نہیں آگے۔

"سوں سوں ...... ہینک۔ ہینک۔ ننھا قربانی کے بکرے کی طرح گھسٹتا ٹرام پٹہ کی طرف جا رہا تھا۔ پھٹی جوتیوں کی کیلوں نے اس کی ایڑیاں لہولہان کر دی تھیں، امی کا چہرہ سرخ سرخ ہو رہا تھا، آج وہ اتنی ظالم کیوں ہو گئی ہیں آخر! ..... اس کی ننھی سی سمجھ میں کچھ بھی تو نہ آیا۔

وہ بہو تھی

جب وہ حقہ تازہ کر کے اٹاری پہ چڑھتی تو اُس کی سوکھی پتلی پنڈلیاں کانپنے لگتیں۔ اُس کا منڈا سا ہاتھ سر کی طرف بڑھتا جیسے گھونگھٹ۔

اُس کا بیٹا اور بہو ذرا دیر سے اُٹھتے کیونکہ بچّوں کی چیاؤں پیاؤں میں اُن کی نیند نہ بھرتی۔ اُس کو چو کے باسن سے بڑی رغبت تھی۔ جب دیکھو آنکھ ناک پونچھتی آگ پھونکتی نظر آتی۔ اُس کا پوتا توتلی زبان میں موٹی سی گالی دے کر اُس سے کھانے کو مانگتا اور وہ جلدی سے کٹوری میں دودھ ڈال کر اُس کے منہ سے لگا دیتی۔ وہ دن بھر بچّوں کی موٹی موٹی گالیاں سُنتی۔ کبھی وہ اُس کو انگوٹھے دکھاتے۔ کبھی وہ زبان نکال کر منہ چڑاتے۔ اور کبھی کُلّی کی پچکاری اِس زور سے مارتے کہ اُس کی آنکھ ناک ایک ہو جاتی اور کبھی بڑھیا دادی کے پورے نام کے ساتھ ایک موٹی

سی گالی لگا کر پکارتے اور پھر وہ ہنستے ہنستے لوٹ پوٹ ہو جاتے اور وہ یہ سوچتی رہ جاتی کہ ان پودنوں نے اُس کا نام کہاں سے سیکھا۔ اڑوس پڑوس والیاں آتے جاتے ٹوکتیں کہ

"چاچی کیوں اپنی جان بیل رہی ہے۔ بیٹھ کے روٹی کھا یہ دو ہٹ کر لئے کب تک خدمت کرے گی۔"

"خدمت تو اِس کا باپ کرے گا۔ بیٹا گجا لاکر چپکے سے یوہیں سرکا دیتا ہے یہ بھی تو بولو۔"

نانبائی کی چھوکری تیکھی ہو کر اُڑ جاتی۔

مگر نہ جانے چاچی میں ایسا کون سا خمیر تھا کہ وہ مٹر مٹر سب سنتی اور اُف نہ کرتی۔

البتہ جب وہ رات کو اپنی دوہری کمر سیدھی کر کے آسمان کو تکتی تو بے شمار تارے چمک چمک کر آنکھ مچولی کھیلتے ہوئے۔ اُسے ایسا معلوم ہوتا کہ وہ نیند کے جھونکوں میں اپنی ساس کی سوکھی سوکھی پنڈلیاں دبا رہی ہے، پھر جیسے کوئی لات زور سے اُس کی چھاتی پر لگ جاتی۔ اُس کی ساس خرّاٹے لیتے لیتے چونک کر کہتی۔

"دو گھڑی پاؤں بھی نہیں داب سکتی نکمی۔"

"داب رہی ہوں ماں۔"

وہ جلدی سے سوکھی پنڈلیوں کو گداز ہتیلیوں میں دبالیتی اور جب اٹاری کی چھوٹی سی کھڑکی کھول کر اُس کا شوہر ہلکے سے کھنکارتا تو اُس کی ساس کی آنکھ کھلتے کھلتے رہ جاتی لیکن وہ جلدی سے جھوم جھوم کر ہلنے لگتی۔ جیسے اُسے بڑا آنند آرہا ہو ـــــ جیسے ساون بھادوں کے جھولے سے مَن موہنے والے ملہار ہواؤں میں لہرا رہے ہوں ـــــ یا جیسے گہرے کالے بادلوں سے بجلی کی تیز دھار ہنستی ہوئی نکل جائے ـــــ یا جیسے اندھیرے جنگل میں بہت سے مور ایک دم چیخ کر خاموش ہو جاتے ہوں!۔

آدھی رات گئے جب وہ اپنے سسر کا حقہ اُٹھا کر باہر انگنائی میں رکھتی تو اٹاری سے ایسی آواز آتی جیسے کوئی بڑا سا اژدہا لمبے سانس لے کر گہری نیند سو رہا ہو۔ وہ دبکتی دبکاتی دانتوں میں پلّو دبائے رسالن رسان اٹاری کی طرف رینگنے لگتی۔

"گکڑدں کوں"

وہ جھپکی لیتے ہی گھبرا کر اُٹھ بیٹھتی۔ اُس کا دل چاہتا کہ ٹاپے میں ہاتھ ڈال کر اُس لمبی سی گردن کو دونوں ہاتھوں سے مروڑ ڈالے اور جب اُس کی چونچ کھلی کی کھلی رہ جائے تو وہ اُس کو ہونٹوں میں دبا کر صرف ایک بار کچکچا کر کاٹ لے اور پھر کہیں گھورے پر مکان کے

تہ پھوار ڑے بہت سی بلیوں کو لڑوا دے۔

پھر وہ گائے بھینسوں کو سانی دیتے دیتے سوچتی کہ آج ان سب کو اتنا بھر بھر کر دوں کہ جگالی کرتے کرتے مر جائیں۔ اور پھر اُپلے سُلگاتے سلگاتے اُس کے سسر کی تین چار آوازیں آ جاتیں۔

"بہو او بہو"

"لا رہی ہوں بابا"

وہ حقہ تازہ کر کے جلدی سے گھونگٹ نکال لیتی۔ اُس کی ساس آہٹ پاتے ہی سوکھی پنڈلیاں پھیلا کر کراہنے لگتی۔

"پاؤں داب دوں ماں؟"

وہ گھونگٹ نکالے پوچھتی۔

"ابھی پوچھ رہی ہے نکمی؟" جیسے اس کا نام سچ مچ نکمی ہو۔

وہ بغیر کچھ کہے سنے زمین پر پھسکڑا مار کر گول مول ہتیلیوں میں سوکھی پنڈلی پکڑ کر ملنے لگتی۔ جھومنے لگتی۔ یہاں تک کہ اُسے پھر سے جمائیاں آنے لگتیں اُس کا جوڑ جوڑ دُکھنے لگتا۔

اُس کا دل چاہتا کہ وہ پھر سے اٹاری پر پہونچ جائے۔ ٹاپے میں ایک نوجوان مرغ لمبی سی گردن کھینچ کر اذان دینے کی کوشش کرتا تو وہ گھبرا کر چوکے کی طرف دوڑتی۔ اُس کا چھوٹا دیور اپنے میلے کچیلے بستر

میں موٹے موٹے ترسل بھرتے ہوئے چیخ کر کہتا۔

"بھوکا جارہا ہوں اسکول۔ ابھی تک کیا کرتی رہی تو" وہ غرا کر دیکھتا۔

"ابھی لے بھیا"

وہ گندھے ہوئے آٹے میں ٹکیاں لگا کر توا رکھ دیتی۔ اور اُس کا شوہر کھڑا دیں پہنے اُجلی دھوتی کندھے پر ڈالے اٹاری سے اُتر کر کنوئیں پر چلا جاتا ——— اور جب وہ چوکے میں ناشتہ کرنے بیٹھتا تو کئی کئی گرم روٹیاں مکھن کی گولی رکھ کر بغیر کچھ بولے چائے نگلتا رہتا اور بغیر پھر کچھ کہے سنے کام پر چلا جاتا۔ گھگو کہیں کا۔ وہ دروازہ تک اس کو گھورتی رہ جاتی۔

پاس پڑوس والیاں آتے جاتے اُس کو ٹوکتیں کہ۔

"چاچی اس دوہری کمر کو لیے لیے کب تک خدمت کرو گی" ———

وہ ساری ساری رات تارے گن کر صبح کر دیتی اور جب وہ چلم میں آگ ڈال کر حقہ تازہ کر کے اٹاری پر چڑھتی تو اُس کی سوکھی پتلی پنڈلیاں کانپنے لگتیں۔ اس کا مرنڈا سا ہاتھ سر کی طرف بڑھتا۔ جیسے گھونگٹ ——— اس کا بیٹا آہٹ پا کر جلدی سے اُٹھ بیٹھتا۔

"ارے ماں نم"۔

مگر وہ اپنی دُھن میں کچھ بھی نہ سنتی۔ جیسے اُس کے کان سُن ہو چکے ہوں...... اس کی ہتیلیوں میں باٹے سے آنے لگتے اُس کی دھنسی ہوئی چھاتی میں دو لاتیں دھپاک سے لگ جاتیں۔ وہ سینہ پکڑ کر اور دوہری ہو جاتی جیسے اب دَم دے دے گی۔

دادی امّاں

اور جب وہ دادی امّاں کو "امّاں" کہہ کر اپنا پوپلا منہ کھول دیتے تو گھر کے سارے بچے گلا کھینچ کھینچ کر ہنسنے لگتے، اور شمسہ چڑ کر کہتی۔

"اتنے بڑے ہو گئے ہیں بے چارے مگر .. .. .."

"ارے بھئے تم دادا ابا کو اس طرح کیوں کہتی ہو۔ شمسہ! شرم نہیں آتی تم کو؟"

جگنو دادا ابا کی طرف داری پر اُتر آتے۔

"کیا تم کو دادی اماں اچھی نہیں لگتیں جگنو؟"

شمسہ دادی اماں کو کن انکھیوں سے دیکھتے ہوئے کہتی۔

"بے حد اچھی لگتی ہیں جناب! مگر وہ بھی تو ہمارے دادا ابا ہیں معلوم ہے تم کو!" جگنو کی زبان قینچی بن جاتی۔

"گیا اودھم مچا رکھا ہے چُپ نہیں ہونے کے تم!"

دادی امّاں قلیہ کی بوٹیاں بھونتے بھونتے زور سے چیخ پڑتیں، اور ان کے رعشہ زدہ ہاتھ میں کفگیر بے قابو سا ہو کر کھڑکھڑانے لگتا!

امّی کہتی ہیں کہ جب دادا ابّا کے دانت تھے تو دادی امّاں ایسے مزہ کے اسٹو پکاتی تھیں جس کی سوندھی سوندھی خوشبو سے پورا محلّہ تک مہک جاتا تھا، تلی ہوئی چانپ، کلیجی کے تکّے۔ مرغ مسلّم۔

دادا ابّا ہمیشہ سے کھانے کے شوقین تھے۔ اور دادی امّاں کا یہ معمول کہ آندھی جائے۔ مینہ جائے، چار چار نوکر، تین تین بہوئیں، جوان جوان بیٹیاں مگر دادا ابّا کی ہنڈیا اپنے ہاتھوں سے الگ پکاتیں، اور پھر تو یہ حالت ہو گئی کہ اُٹھنے سے معذور، چلنے سے معذور، ہاتھوں میں رعشہ، گھٹنے مجرڑے سے کے جُڑے رہ گئے۔ مگر وہ کھٹولی کے پاس انگیٹھی رکھ کر بڑے انہماک سے چھنک بگھار میں مشغول ہو جاتیں۔ پیاز کے لچھے اور ادرک کے جوے کپکپاتے ہاتھوں سے کاٹتیں۔ اور پلنگڑی کے نیچے سے اصلی گھی کا ڈبہ نکال کر قفل کھولتیں اور پھر دادا ابّا کے قلیہ سے سوندھی سوندھی خالص گھی کی خوشبو اُڑنے لگتی۔

دادی امّاں کا بس نہ چلتا کہ وہ دادا ابّا کے دھڑ میں پورے کے پورے گھی کے پیپے اُتار دیتیں۔

ڈھائی تین سیر دودھ کی پتیلی رسان رسان اونٹتے اونٹتے آدھی رہ جاتی ۔ مجال تھی کہ کوئی اُس کو اُس وقت تک ہاتھ تو لگا لیتا جب تک کہ تشتری بھر ملائی دادا ابّا کے لئے نہ اُتر آتی ۔ اور پھر رات کو دودھ کے کلھڑ، شہد کے چمچے، کھرل میں گھِسے ہوئے بادام، اٹرم شٹرم۔

دادی اماں کا سارے دن یہ ہی دھندا تھا، کبھی کبھی وہ شمسہ کو چپکے سے بُلا کر دوپٹہ کی اوٹ میں ایک آدھ چمچہ بچی کھچی ملائی کا کھلا دیتیں، اور گوّدا۔ جھڑی نلی اس کے ہاتھ میں دے کر کہتیں ۔

"یہیں بیٹھ کر چبالے نہیں تو بھائی نوچ کھائیں گے"۔

"ایسے کوئی ندیدے نہیں ہیں ہم! گودا تو دادا ابّا کے قلیہ میں جھاڑ دیا ہے ۔ دادی آماں نے ۔ چھی ۔ چھی"

جگنو ناک سکیڑ کر شمسہ کو چِڑاتا ۔

"امی کہتی ہیں کہ دادا ابا تو دادی اماں سے بیس برس بڑے ہیں ۔ اور پہلے تو اُن کا غصہ بھی ایسا تیز تھا کہ بھری ہوئی سینیاں ہاتھ مار کر پھینک دیتے تھے ۔ ہر مہینے درجنوں برتن ۔ دسیوں گلاس چھنا چھن کر کے ٹوٹتے ۔ ذرا سی بات مرضی کے خلاف ہوئی اور رکابی اُٹھائی ۔ بھنا دی، پیالہ اٹھایا اُچھال دیا، اور کئی بار تو بے چاری ۔۔ ۔۔ !

بڑی دل گُردے کی بیوی ہیں تمھاری دادی آماں! صبح پانچ بجے کی اُٹھی رات کو بارہ بجے کمر ٹکاتی تھیں۔ چکن کے انگرکھے۔ کیکری کٹاؤ کے کُرتے گلزار بنا دیتی تھیں۔

یہ ساری گُلکاریاں رات کو عینک لگا کر کرتیں۔ اور پھر سردیاں آنے سے پہلے روئی کی کمریاں، سینہ بند، کنٹوپ، ایسے لہریئے دار نگندے ڈال کر بنائیں کہ دیکھنے والے واہ واہ کرنے لگتے۔

ایسی سُتھری سِلائی پر بھی ابّا جان ہزار ہا میخیں نکال کر رکھ دیتے۔ اور بے چاری اُدھیڑ اُدھاڑ کر جب تک اُن کی مرضی کے مطابق نہ کر لیتیں، دم نہ لیتیں۔ اللہ جھوٹ نہ بلوائے آج کے دن تک اُن کے پنڈے پر درزی کے ہاتھ کا کپڑا نہیں پڑا۔ اور اِس خدمت گزاری پر بھی یہ ناٹس کہ یہاں نہ جاؤ وہاں نہ جاؤ، اِس سے ملو اُس سے نہ ملو، اللہ معاف کرے بڑھاپے میں بھی چین نہ ملا بے چاری کو"

"اور اب کیا ہے۔ جب تک دادا ابا کھانا نہیں کھا لیتے۔ مورچھل لیئے ہلاتی رہتی ہیں۔ اور جب وہ دادی آماں کے ہاتھ کا قلیہ پی کر گھنٹوں سوتے ہیں تو دادی آماں کے ہاتھ سے پنکھا نہیں چھوٹتا اور پھر گھر کے سارے بچّوں کو دھونس دھانس جیسے سب کے

سب اپنی زبانیں کاٹ کر پھینک دیں اور یہ تو پتہ نہیں ان کو دادا ابّا کے کانوں پر ڈھول پیٹے جائیں تب بھی وہ نہیں سُن سکتے۔ آخر کوئی حد بھی ہے۔

''چلو جی، چلو، آنکھ مچولی کھیلیں۔''

سعید جگنو کا دامن کھینچ کر انگنائی میں لے جاتا۔ اور امّی جان خوف ناک ''ہوں'' کہہ کر امنگوں کا خاتمہ کر دیتیں۔

رات سے دادی امّاں کی طبیعت بے حد خراب تھی کئی کئی ڈاکٹر بدلے جا چکے تھے، سارے بچّوں کو جلدی جلدی کھانا کھلا کر ماموں جان کے ہاں بھیج دیا گیا ـــــــ اور گھر میں سکُوت تھا۔

امّی بار بار دادی امّاں کی پیشانی چھوا رہی تھیں اور خاندان کی بڑی بوڑھیاں دادی امّاں کی ننّھی سی کھٹولی کو گھیرے بیٹھی تھیں اور نصیباً جلدی جلدی دادا ابّا کا قلیہ تیار کر رہی تھی۔ مگر نہ جانے آج سوندھی خوشبو کہاں چلی گئی تھی۔ جیسے پانی اُبل رہا ہو۔

دادا ابّا کی کھٹولی رسان سے پکڑ کر باہر کے دالان میں نکال دی گئی تھی، وہ بھُوک سے بے تاب ہو رہے تھے۔ اندر سے دالان سے اگر اور لوبان کی تیز بوئیں باہر تک آ رہی تھیں۔ اور کلمہ کی ہلکی ہلکی گنگناہٹ ڈیوڑھی تک پہنچ رہی تھی ... ...

قلیہ کا بھرا ہوا پیالہ دادا آبا کے پھونے پر اوندھ گیا تھا۔ وہ گاؤ تکیہ سے ٹیک لگائے آنکھیں پھاڑے بیٹھے تھے۔

"کیا چاہئے ابا جان؟"

امی نے ان کا مُرنڈا سا ہاتھ اپنے دونوں ہاتھوں میں لے لیا۔

"اماں" دادا ابا کی آواز بڑی ہولناک تھی۔

"یہ اماں کس کو کہتے ہیں بوا؟" ایک بزرگ خاتون نے تعجب سے پوچھا۔

"سٹھیا گئے ہیں، بے چارے۔ آخر عمر بھی تو اتنی ہونے کو آئی"۔ دوسری نے کہا۔

"نہیں خالہ جان .. .. .. امی جان کی آواز میں بڑا اعتماد تھا۔ مگر چند لمحے کے بعد وہ دادی اماں کی کھٹولی سے لپٹی پھوٹ پھوٹ کر رونے لگیں۔

گوری مانی

گوری مانی کھاتے پیتے گھر کی بیٹی تھیں۔ مگر تقدیر کی ایسی ہیٹی
کہ پہلی بار پندرھویں سال میں بیوہ ہوئیں اور دوبارہ سترھویں سال
میں پھولوں والے دن بڑے بھائی کے گھر سے آیا رنڈ سالہ کا جوڑ ا!
دیکھ کر اُن کی ہچکی بندھ گئی اور چیخوں کا یہ عالم کہ محلے کے عورت اور مرد
لرز کر رہ گئے۔ اور جب عدّت کے بعد پھر ان کی نسبت کا سلسلہ شروع
ہوا تو لوگ کانوں پر ہاتھ رکھنے لگے کہ تیسرے کی بھی خیر نہیں۔ کوئی کہتا
تھا تین کو کھا کر دم لے گی۔ نا بابا کون رکھا ہے یہاں مفت کا۔
خود بھی وہ ایسی مایوس ہو گئی تھیں کہ اِدھر شادی کا نام آیا اُدھر
اُن کی آنکھوں سے طوفان اُمنڈ پڑا۔
ماموں زاہد پانچ بچّوں کے باپ رنڈوے ہوئے تو یار دوستوں

سنے بل پکڑکر انھیں رضامند کرلیا کہ نکاح کے بغیر تمھارے لئے کوئی دوسری صورت اطمینان کی ہوہی نہیں سکتی۔ اس طرح گوری مانی چھوٹے بڑے پانچ بچّوں کی ماں بن گئیں اور چھوٹی امّاں کہلانے لگیں۔

گوری مانی کی وجہ تسمیہ یہ تھی کہ وہ ہمارے خاندان کی پہلی بہو تھیں جن کی رنگت میدہ کی طرح سفید تھی۔ بہرحال کالوں میں بھی کچھ حُسن ہوتا ہے اور یوں تو کوئی ہے جس کو اپنی صورت شکل بُری معلوم ہوتی ہو۔ البتہ دوسروں کی آنکھ کا تل بھی پھُلّی دکھائی دیتا ہے۔ چنانچہ جلنے والوں نے گوری مانی کو پھیکا شلجم کہہ کر بھی دل کو ٹھنڈا کیا مگر جو کچھ بھی ہو وہ کہلائیں گوری مانی۔

پانچ بچّوں میں ایک بھی اس قابل نہ تھا کہ اپنا آپا خود سنبھالے تین بیٹیاں دو بیٹے تلے اوپر کے بچّے آمدنی مختصر۔ مگر ماموں زاہد کے نکتوڑے الامان الحفیظ۔ مجال ہے کہ گھر میں تنکا بھی نظر آئے۔ کوئی چیز بے جگہ رکھی دیکھی اور وہیں جوتیوں سے کچل کر پھینک دی۔ سالن میں مرچ زیادہ ہوگئی تو موری میں پوری پتیلی۔ کپڑے بدلتے وقت کہیں اتفاق سے کُرتے میں ننھا سا سوراخ نظر آیا اور اُنھوں نے اُنگلی ڈال سارا کُرتا چھیرچھیر کردیا۔ رات کو سوتے وقت ٹانگوں کی مالش۔ صبح اُٹھتے ہی کمر میں مُکّیاں۔ گھِسے ہوئے بادا موں کا نشاستہ

اگر تمہارا منہ نہ ملتا تو آفت بلکہ قیامت۔

خدا خدا کر کے وہ کچہری روانہ ہوئے تو پھر بچّوں کا آگا تاگا۔ سینا پرونا۔ پکانا۔ ریندھنا۔ نہلانا دُھلانا یہاں تک کہ کلام مجید کا سبق بھی چھوٹی امّاں کو دینا پڑتا۔ اور اگر اللہ نہ کرے کوئی بیمار پڑ گیا تو ساری ساری رات ایک ٹانگ سے سویرا کر دیتیں۔ بلکہ بعض دفعہ تو ماموں زاہد کا دل بھی پسیج جاتا کہ دن بھر کی تھکی ہاری کو ایک پل بھی رات کو آرام نہیں ملا۔ وہ چھوٹے ننھے کو لے کر خود ٹہلنے لگتے مگر وہ رضائی اوڑھے کلبلاتی رہتیں۔ اِدھر ماموں بچے کو لٹا کر پلنگ پر لیٹے اور وہ دبکی دبکائی بچّے کے سرہانے، بچّہ بخار میں چونکتا تو وہ بسم اللہ کہکر اُس کے سینہ پر ہاتھ رکھ دیتیں، ماموں گردن اُٹھا کر دیکھتے تو گوری مانی کی آنکھیں آنسوؤں میں بھیگی ہوتیں اور ہونٹ کانپتے ہوتے، یوں بھی اُن کا دل ایسا کمزور تھا کہ جہاں کسی کی تکلیف دیکھی ساری رات جاگ کر صبح کر دیتیں۔ پاس پڑوس میں آنے جانے والوں میں کسی کے پھانس لگی اور اُن کے آنسو نکل آئے۔ بلکہ بعض دفعہ اُن کے موٹے موٹے آنسو دیکھ کر نوجوان لڑکیاں ہنس دیتیں۔ نہ جانے کیسے رونا آ جاتا ہے، یہاں تو کسی کے مرنے پر بھی۔ بہتیری کوشش کر دیکھو دُور دُور آنسو کا نام نہیں۔ گوری مانی کے آنسوؤں کے متعلق

تو یہ مشہور تھا کہ وہ پلکوں پر رہتے ہیں۔ اُن آنسوؤں میں صداقت تھی یا نہ تھی یہ تو خدا کو ہی معلوم ہوگا۔ مگر یہ بات ضرور ہے کہ پانچوں بچے چھوٹی اماں پر ایسے پروانہ وار نثار تھے کہ دیکھنے والے حیرت زدہ تھے۔ ہاں بعض اپنی کثافت طبع کی بنا پر دل میں عناد رکھنے لگے۔ اور جب ان کا موقع ملتا بچوں کے ذہن نشین کرتے کہ اگر آج تمھاری ماں ہوتی تو..... اور پھر اُن کے ہونٹوں پر شیطانی مسکراہٹ پھیل جاتی۔

مگر بچوں پر یا ماموں زاہد پر اِن باتوں کا کوئی جادو نہ چلتا۔ کیونکہ ماموں زاہد نے بیوی کو ہر طرح پرکھ کر دیکھ لیا تھا۔

میاں اور بچوں کے کھانے کے بعد جو کچھ بچتا اور اگر نہ بچتا تو باسی کوسی جو بھی میسر آتا وہ کھا کر گوری مانی ایسی خوش رہتیں جیسے الوان نعمت کھا کر اٹھی ہوں۔ تین کرتوں اور دو دوپٹوں میں ساری گرمیاں گزار دیتیں مگر تینوں بیٹیاں اور دونوں بیٹے صاف ستھرے کسی محفل میں کسی سے کم نظر نہ آتے۔

ماموں زاہد کا تو بڑھاپا تھا اور یوں بھی کچھ دن سے اُن کی ٹانگ مفلوج ہو چکی تھی۔ مگر گوری مانی کو ناگہانی آگئی۔

میّت کے چاروں طرف پانچوں بچے دھاڑیں مار مار کر رو رہے تھے۔ ماموں زاہد کی مُنی آنکھیں برس رہی تھیں۔ وہ دونوں

گھٹنوں میں سینہ دبائے تھے۔ پاس پڑوس والیاں ایسی رو رہی تھیں جیسے ابھی دم دے دیں گی۔ ماموں نے آخری بار گوری مانی کی پھیکی سی صورت کو دیکھا اور بے قابو ہو گئے۔ بڑی خالہ اماں نے ماموں کو میت سے الگ کرتے ہوئے کہا۔

"اچھا نبھا گئیں۔ بات دراصل یہ ہے کہ اپنے تو کوئی بچہ تھا نہیں۔ بُرا مت ماننا بھائی اصل کسوٹی تو وہ ہوتی ہے ......
اس سے کون انکار کر سکتا ہے"

سلیم بھیّا

اُس نے ناگوار خاطر ہو کر کروٹ لی اور زور سے ہونکارنے لگا، موت کی سی بے چینی اور کرب! اُس نے اپنے ایک ایک دوست کا نام لے کر مُغلظات گالیاں بکنی شروع کر دیں .... آخران سب کو سانپ کیوں سونگھ گیا، اب سلیم میں کیڑے پڑ گئے گیا، ذلیل کمینے...... دغاباز کہیں کے...... اور چند مہینے پہلے اُس کو معمولی سا نزلہ ہو گیا تو کئی دن تک تانتا لگا رہا، عیادت کی بھی انتہا ہوتی ہے، نہ جانے کہاں کی ہمدردی پھٹ پڑی تھی یار لوگوں میں۔ دوائی ٹھنڈائی ڈاکٹر، حکیم، پسینے پر خون بہانے والے مخلص دوست! اُس کی آماں بڑے ناز سے کہتی تھیں۔

"ہمارے سلیم بھیّا کے تو لاکھن یار دوست ہیں، ایسا گر بھی

تو ہوکسی ماں کے جائے ہیں تب ہی تو جانوں میں"۔

آج سلیم کو ریحانہ بُری طرح یاد آرہی تھی، اُس کی ماں نے کئی بار اُس کے سر پر ہاتھ پھیر کر چمکارا۔

"بہن یاد آرہی ہے بیٹیا، تار دے دوں اُس کو! ......"

اُس نے اپنی ماں کو بیزاری سے دیکھا اور کروٹ لے لی.....

"یہ جاہل کبڈ عورتیں، میں کہتا تھا کہ امّاں ابھی شادی نہ کرو اِس کی مگر ایک نہیں سو کو ہرائے"

اُس کا دل چاہا کہ میز پر رکھے ہوئے موٹے سے پیپر ویٹ کو سر پر مارے اور بے ہوش ہو جائے۔

سلیم کو اپنی بہن کی قابلیت پر بڑا ناز تھا بڑی سے بڑی مشکلات وہ بڑی سمجھداری سے دُور کر دیتی تھی۔

ایک سال پہلے جب سلیم کی آنکھیں سُوجھ کر کپا ہو گئی تھیں تو ریحانہ نے شہر کے سب سے بڑے ڈاکٹر سے منٹوں میں اپائینٹمنٹ کر کے معائنہ کرادیا تھا، اُس وقت وہ گہرے رنگ کی کشمیری ساری پہنے پری معلوم ہو رہی تھی، ڈاکٹر صاحب سلیم بھیّا سے مل کر بڑے محظوظ ہوئے تھے اور اُنھوں نے سلیم کو اپنا دینی بھائی بنا لیا تھا اور فیس بھی نہیں لی تھی . . .

اور جب ریحانہ اُس کو ایک بڑی فرم میں ملازمت کے لیئے لے کر گئی تھی تو تین چار بمبئی والے کرُسیوں سے کھڑے ہو گئے تھے اور ایک انگریز آفیسر نے اُس کو بڑے تپاک سے اپنے پہلو میں کرسی دے دی تھی۔

کلکٹر سے لے کر بمبئی کے بھولا بھائی تک نے اُسے بار بار ڈنر دیا، لنچ اور ڈنر کھاتے کھاتے اُس کو کئی بار بدہضمی ہو ہو گئی۔ لیکن دوسرے وقت وہ بسمیگ کی تین چار ٹکیاں نگل کر اپنے پیٹ کو دُرست کر لیتا اور کوئی نئی فلم، کوئی انوکھا فنکشن، کوئی دلکش پروگرام... دوستوں کے بغیر اُسے مزا ہی نہیں آتا تھا۔

شروع شروع میں اُس کے دوست کہتے تھے سلیم گدھا ہے، سلیم احمق ہے، وہ اُلوّ ہے...... بلکہ اُس سے بھی زیادہ۔ ایک بار جب اُس کے دوست نے اُس سے اپنی محبوبہ کا تعارف کرایا تو اُس کے چہرے پر موت کی سی زردی کھنڈ گئی تھی اور کچھ ٹھنڈی بوندیں اُس کی پیشانی سے لڑھک کر اُس کی موٹی موٹی بھنوؤں میں پھیل گئی تھیں۔ اُس نے تالو سے چپکی ہوئی زبان کو کھڑکھڑانے کی کوشش کی ـــ مگر وہ نہ جانے کیوں جامد ہو کر رہ گئی تھی۔

مگر کچھ دن سے وہ بڑا سمجھدار معزز اور سوشل ہو گیا تھا۔ اب

وہ کسی عورت کو دیکھ کر بھی نہیں لجاتا تھا۔

شام کو وہ اپنی بہن کو لے کر چہل قدمی کے لئے نکل جاتا تھا اور چلتے چلتے اُس کی کلائی تھام لینا اور وکٹوریہ میں سوار ہوتے ہوئے وہ اُس کی کمر کو بازو میں حمائل کرکے اوپر چڑھنے میں مدد دینا اور پھر مُسکراتا ہوا برابر میں بیٹھ جاتا اور چہرے پر خاص قسم کے تاثرات پیدا کرکے اُس کے ریشمیں پلّو سے کھیلتے ہوئے اُس سے سرگوشی میں باتیں کرنے لگتا، بازار کے کچھ غنڈے ایک دوسرے کو ٹھوکے کر نہ جانے کیا کیا اوائی توائی بکنے لگتے اور وہ بڑی خوداعتمادی سے پاؤں پر پاؤں رکھ کر تن جاتا۔

آج وہ ایک سو دو ڈگری بخار میں بل بلا رہا تھا۔ اُس کی چوہیا سی ماں موٹی موٹی رگوں والی اُنگلیوں سے اُس کی پیشانی کو بار بار چُھو رہی تھی، اُس کا دل چاہا کہ اپنی ماں کی کُھردری اُنگلیوں کو قتلے قتلے کر ڈالے۔ یہ گھر ہے یا قبرستان، اُس نے سرد آہ کھینچی۔ یہ دوست احباب! اُس نے دانت کچکچا کر مُٹھیاں بھینچ لیں اور اپنے ایک ایک دوست کا پُورا پُورا نام لے کر مُغلظات بکنے لگا......

کوئی اچھا فلم، کوئی اچھی گیدرنگ...... کوئی اچھا ڈنر......

تین ماہ ہیں اُس کا پیٹ پچک کر پسلیوں میں گھس گیا تھا۔!

ننگے پاؤں

"ننھّی تو بڑی بد شوق ہے" ماسٹر جی ڈاڑھی کریدتے ہوئے بابو فضل دین سے شکایت کرتے۔ چار سال کی ننھی مگر ہوشیاری دیکھو جیسے دادیوں کی طرح۔ ماسٹر جی کوئی نلے ٹنگوڑے نہ تھے۔ اللہ رکھے پوتا پوتی والے کسی کے نانا ہیں تو کسی کے دادا ہیں۔ مگر ایسی چالاک چھوکری انھوں نے آنکھوں دیکھی نہ کانوں سُنی۔ ایک ننھّی ہی پر کیا منحصر ہے؟ اُنھوں نے سینکڑوں شاگردوں کو پڑھا کر رکھ دیا۔ چھوٹے بڑے بچے، جوان، تیس سال سے بس اِن کا یہی پیشہ تھا۔ کھچڑی سی ڈاڑھی کو انھوں نے کسی انگریزی رنگ سے رنگ کر فریچ کٹ کر لیا تھا۔ سانولی رنگت پر سرخی کی جھلک۔ گداز جسم۔ چکنا چکنا چہرہ۔ کتری ہوئی لبیں۔ منہ میں پان

کا بیڑا اور گول گول آنکھوں میں کاجل کی ہلکی سی لکیر اور کان میں ہلکا سا شمامۃ العنبر کا مدہوش کُن پھویا۔ جب وہ بابو فضل دین کی کی ڈیوڑھی پر بیت مار کر ننھّی کو آواز دیتے تو ننھّی سارے کھیل بھول بھال کر بیر بہوٹی کی طرح پیچھے سکیڑ لیتی "پڑھنے نہیں جائے گی مُردی ؟" امّی بے دردی سے اس کا کان پکڑ کر پلنگ کے نیچے سے گھسیٹ لائیں اور بابو فضل دین لال لال آنکھوں سے اس کو گھورتے۔

روز روز کا جھگنڈن روز روز کی فضیحتیاں، کئی بار تو اس بے چاری ننّھی کا اِس اینچا گھسیٹی میں پیشاب بھی نکل گیا مگر امّی بھی بڑی رحم تھیں۔ جلدی سے دوسرا سنتّا نکال کر اس کے پاؤں میں ٹھونس دیتیں اور وہ گلابی اوڑھنی کا بُکّل مار کے کتابیں سنبھالے بیٹھک کی طرف رینگنے لگتی۔

"کہو آخر آ ہی گئیں ؟" ماسٹر جی دانت نکال کر طنز سے کہتے۔ وہ سِسکیاں لیتی ہوئی سلام کے لئے ماتھے پر اُنگلیاں رکھ لیتی اور ماسٹر جی اس کو بیٹھنے کا اشارہ کرتے۔ نہ مونڈھا نہ کُرسی، بس ایک جھولا سی چارپائی۔ میلی سی دری پر کالی کالی بدبُودار سیاہی کے چکتے اس کی انگلیاں قلم چھوتے ہوئے بےچین ہونے لگتیں۔ اور وہ اپنے ایک گھٹنے پر تختی رکھ کر۔ ا۔ ب۔ ج کے گنگھنوں پر رسان

رسان قلم چلاتی ۔ حروف کے زیر و بم پر قلم چلاتے ہوئے اس کا بٹوہ سا چہرہ بڑا سنجیدہ ہو جاتا، جیسے وہ بہت بڑی نقاش ہو یا انکار عالیہ کا ایک دیدہ زیب مجسّمہ۔

"پاؤں ٹکڑے ٹکڑے دُکھ گیا ہو گا، پھیلا لے متّی۔" ماسٹر جی کو ترس آجاتا۔ وِہ چُٹکی سے ننّھی کے چھوٹے سے پنجے کو پکڑ کر گھسیٹ لیتے۔

"بس ۔ بس ۔ ٹھیک ہے، لکھو تختی، ہاں، لکھو نا . . . . . . "

اور جب وہ پڑھ کر آتی تو دادی اماں کے جھاڑیں سے اپنا متنا سا پنجہ رگڑ رگڑ کر لہو لہان کر لیتی۔

"ننگے پاؤں پھرنا نہیں چھوڑے گی تو!" امّی روز روز اس کے پنجہ پر ویسلین لگاتے ہوئے ڈانٹتیں۔

"ننھی بڑی بدشوق ہے۔" ماسٹر جی ڈاڑھی کریدتے ہوئے۔ بابو فضل دین سے شکایت کرتے۔

سور ہی ہو کیا؟

"میاں تو کھانا مانگت ہیں بیگم صاب!"

امیراً فریادسی لے کر بیگم کے پاس پہنچتی۔

بڑے میاں بھوک سے بیتاب ہو کر مونڈھا سرکا کر باورچی خانہ کے نزدیک کر لیتے، رات کو دو مرغیاں پکی تھیں اور اُن کو پیٹھ کی اوبچی سی ہڈی مل گئی تھی، اگر دانت ہوتے تو وہ اس ہڈی کو ایسے مزے سے چبا تے کہ سارا رس اُن کے دھنسے ہوئے دھڑ میں اُتر جاتا۔

"چولھے میں جائے اِن کا کھانا۔ جب دیکھو کھاؤں کھاؤں!

نہ جانے بڑھاپے میں ایسے کہاں کے نل پھٹ گئے۔

ساری عمر کھایا۔ بہتیرا کھایا۔ مگر نیت دو کوڑی کی ہو کے رہ گئی۔

مری ہڈیوں میں مرغے اُتارنے سے حاصل حصول کچھ نہیں۔

وقت ہوتا ہے۔ عمر ہوتی ہے۔ مُرغن غذائیں چک چک لونڈے۔ ..
ارے بھئی کونے میں بیٹھو اور اللہ اللہ کرو۔

اللہ رکھّے بچّے کی جان کو۔ کمانے والا دھمانے والا صبح سے شام تک قلم گھیسٹا ہے۔ سارا سارا دن مغز پچّی کرتا ہے۔ چھٹانک بھر بادام۔ سیر تین پاؤ دودھ۔ آدھ سیر گدّیوں کی یخنی۔ اگر اتنا بھی اس کے پیٹ میں نہ ڈالوں تو چار دن میں دشمنوں کے گھٹنے ٹوٹ جائیں۔ وہ تو یوں کہو کہ میں پہلے ہی آدھا گوشت بُھنتے میں نکلوا کر اس کے لئے الگ کر لیتی ہوں۔

ورنہ بڑے میاں کا تو یہ حال ہے کہ ہنڈیا پکے یا نہ پکے تار گھیرے یا نہ گھیرے۔ پہلے کٹورہ بھر کر میرے لئے نکال دو اور پھر وہ بھی کم۔ بس نہیں چلتا کہ ساری ہنڈیا پیٹ میں اُتار لیں۔

رات کو بھی امیرن چیختی آئی کہ جلدی چلئے میاں سارا سالن سپوٹ جاتے ہیں۔“

اِدھر مہمان بیٹھے تھے ان کا آگا تاگا لیتی یا اُدھر دوڑتی۔ اور اگر چلی بھی جاتی تو پھر یہ چوچلا کہ آؤ میرے ساتھ تم بھی کھاؤ .. ..
مجھے تو وحشت ہوتی ہے اس دالان سے“

جب سے بڑے میاں نے پنشن لی تھی مستقل اذیت بن کر رہ گئے تھے ۔ کھا پی کر بھی چین نہ لیتے ۔ تندور بھر گیا تو آوازیں آنے لگیں ۔

"ارے بی سو رہی ہو ۔ ؟ ابھی تو دس ہی بجے ہیں ، ذرا میری پسلی میں تیل تو مل جاؤ ۔ اور دیکھو اِس چُمّن کمبخت نے چلم کیسی بھری ہے ۔ خالی سلفا بھر کے دے گیا ۔ بھلا تَوے کے بغیر ۔ یہ بھی کوئی حقّہ ہے ۔ کھاں کھاں ، کھوں ۔ کھوں ۔"

اور پھر بیگم کے انتظار میں غنودگی سی طاری ہو جاتی ۔

ابھی گویا کل کی بات ہے ۔ جب وہ دَورے سے آتے تھے تو دونوں جیبیں ٹھسا ٹھُس بھری ہوتی تھیں ۔

میر صاحب میر صاحب کہتے بیگم کا منہ خشک ہوتا تھا ۔

پانچ پانچ ۔ دس دس کے ۔ بلکہ سو سو کے "

سارے گھر میں چہل پہل ہو جاتی تھی ۔

ساٹن کا ٹھسا ہوا پجامہ ۔ گلشن کا کلیوں دار کُرتا ۔ چھبی کا چُنا دوپٹّہ ۔ چنبیلی کے کنٹھے ۔ موتیا کی مست خیز خوشبو ۔ صحن ، دالان در دالان ، جیسے کوئی نئی نویلی دلہن بیاہ کر آ گئی ہو ۔ بیگم کا سارا سہاگ

پھوٹ پھوٹ کے انگ انگ سے بکھرنے لگتا۔ حِنائی اُنگلیوں میں دبی ہوئی پان کی گلوری ....

"تمھیں میری جان کی قسم میرے ہاتھ سے"

چند ملتے ہوئے دانتوں سے بچا کر وہ جلدی سے کلّے میں دبا لیتے۔

کتنی مٹھاس ـــــ کتنی شیرینی ــــــ

"ارے بی سویرہی ہوگیا؟"

بڑے میاں پھر ایک بار غنودگی سے چونک جاتے۔

"اللہ کی مار ـــــ رات کو بھی ـــــ"

بیگم کا بس نہیں چلتا کہ وہ انٹا بھر افیون اُن کے حلق میں ٹھونس دیتیں!

اے ماں

وہ جب چھوٹا سا تھا تو بلّی کے مُنّے سے بچّے کی طرح دونوں پنجوں سے ماں کا دوپٹہ گھسیٹ کر مُنہ پر ڈال لیتا تھا اور جب اُس کی ماں گھر کے کام کاج میں جُت جاتی تو وہ اس کی کھٹولی پر لیٹ جاتا۔ اُس کا تکیہ سینہ میں بھینچ لیتا۔ اُس کی رضائی کھینچ کر اوڑھ لیتا۔ اُس کی آنکھیں بند ہونے لگتیں۔ وہ ہونٹوں کی ننھی سی چونچ بنا کر گول مول ہو جاتا۔ ماں کے انگ کی بسی ہوئی بھینی خوشبو اُس کو سُلا دیتی۔

"ارے سو گیا میرا بیٹا"

اس کی ماں بھیگے ہاتھ پلّو سے پونچھ کر اس کا پیٹ سہلانے لگتی:

"کھایا بھی تو نہیں کچھ،" وہ سوتے ہوئے بچّے کو ترحم سے

دیکھ کر چوم لیتی ۔

آخر اس کے انگ کی بھینی بھینی خوشبو کہاں چلی گئی ۔ اس نے کئی بار ماں کے قریب بیٹھ کر سوچا ، اور ایک رات جب ذرا خنکی سی تھی تو منی نے ماں کی رضائی اُس کے بستر پر رکھ دی ، منی تو نری گدھی ہے احمق کہیں کی بغیر دھوپ دیئے برساتی بُو میں بسی ہوئی رضائی ۔ وہ ساری رات نہ سو سکا ۔ صبح سویرے منی نے ماں کی رضائی زمیں سے اُٹھا کر جھاڑتے ہوئے کہا ۔

"ماں بھیا بڈھے تھوڑی ہیں جو سردی لگے ۔ تم ہی تو کہہ رہی تھیں کہ بڈھوں کو سردی لگتی ہے ۔"

ماں نے اثبات میں سر ہلایا اور آٹے میں ٹکیاں دینے لگی ۔

"ناشتہ لاؤں بیٹا ۔"

وہ لسی کا گلاس دھوتے ہوئے کہتی ۔

"نہیں ۔"

وہ چارپائی پر پاؤں لٹکائے کیا سوچتا رہتا ۔

"بٹن نہیں لگایا کرتے ہیں ، اب کیا کھلے گلے دفتر جاؤں ۔"

وہ جھلّا کر کہتا۔

"بھول گئی تھی بیٹا۔ لا اِدھر دے کُرتا" وہ ڈورے میں لٹکی سوئی لے کر بڑھتی۔

"بھول کی بھی حد ہوتی ہے ماں! مُنّی کو بھی تم نے کوئی ڈھنگ نہیں سکھایا..... سارے دن ہڑدنگے مچاتی رہتی ہے..... بس پیار، پیار...... مجھے تو پیار سے بھی چڑ ہوگئی ہے"۔

"چڑ چڑ کیوں کرنے لگا ہے تو آخر"۔ اس کی ماں بٹن میں سوئی گھونپتے ہوئے سوچ میں پڑ جاتی۔

"دیکھ تو کون آیا دروازہ میں"۔

"ماں نے لال دوپٹہ پر پیلا پیلا گوٹا رکھ کر سوئی مارتے ہوئے مُنّی کو ٹھوکا۔

"بھیّا ہوں گے"۔

مُنّی ڈھیٹ بنی بیٹھی رہی۔ اصل میں وہ بھیّا کی کج خلقی سے بیزار ہو چکی تھی۔

"کیا کر رہی ہو ماں"۔

وہ کھونٹی پر کوٹ ٹانگ کر نزدیک آگیا۔

"کھانا لاؤں بھیا؟" مُنّی نے پوچھا۔

"جلدی لا بیٹی"۔ وہ پیار میں مُنی کو بیٹی کہہ دیتا تھا۔

مُنّی کے ہاتھ کی پکی ہوئی اُڑد پالک کی دال اُس نے مزے لے لے کر کھائی۔

اور جب وہ پلنگ پر لیٹا تو مُنّی نے ماں کے بچھونے سے رضائی لاکر اُس پر ڈال دی، اُس نے ایک بار پھر ماں کے جُھکے ہوئے گھٹنے کو دیکھا جس پر لال دوپٹہ پر پیلا پیلا چوڑا گوٹا آدھا ٹک چُکا تھا۔

اس کی ماں آپ ہی آپ مسکرا رہی تھی ایسا لگ رہا تھا کہ اس کے ہونٹوں سے گیت پھُوٹ پڑیں گے...... کتنی پیاری کتنی پاکیزہ۔ کتنی مقدس ہے اُس کی ماں اور اس کے پسینے کی بسی ہوئی بھینی بھینی بُو۔ اُس نے رضائی میں مُنہ لپیٹ لیا اس کا جسم ہلکے ہلکے لرزنے لگا..... ماں..... اے ماں —— ماں ——

وہ نپٹ سے سوگیا۔

شدّی

"باجی میری ہیں"۔ "نہیں نہیں میری"۔

"واہ واہ وہ تو میری ہیں"۔ میں اُن کے گلے میں، ٹھ ڈال کر جھول جاتا اور شدّی بے چاری مُنہ تک کر پرے سرک جاتی اور ارشد زبردستی باجی کے کندھے پر پیشانی لٹکا کر نکھوے سے لگ بیٹھتا جیسے اس کا حق چھین رہا ہو۔ اور میں یہ سوچتا کہ آخر ارشد، شدّی، رابعہ اور صابر، اڑوسی، پڑوسی ہوکر باجی پر حق جتانے والے ہوتے کون ہیں؟ مجھے باجی کے وسیع اخلاق پر غصہ آنے لگتا۔ اور میں ارادہ کرتا کہ آج خالہ اماں سے ضرور شکایت کروں گا کہ یہ سب باجی کو ستانے کیوں آجاتے ہیں۔ اور جب شادی ہوجائے گی تو؟ کیوں باجی ... اور باجی ہرنی کی طرح چمک کر میری کمر کی بوٹی نوچ لیتیں، "شریر کہیں کا

اچھا بتا تجھے رابعہ پسند ہے یا شذّی" وہ سرگوشی میں پوچھتیں۔

"یعنی ابھی سے ؟ ابھی تو میں نویں میں پڑھ رہا ہوں، ابھی تو دلّی بہت دُور ہے باجی !" "کوئی دُور نہیں پگلے !" اور دیکھ تو شذّی تجھے کتنا چاہتی ہے۔ خدا کی قسم تیرے سر کی قسم !" باجی کے خشک ہونٹ میرے کانوں پر سرسرانے لگتے۔

بے چاری شذّی تو ابھی گیارہ بارہ سال کی ہوگی۔ اور رابعہ تو مجھے شروع سے پسند ہی نہیں۔ بسورتی صورت ! باجی کہتی ہیں کہ شذّی تمھیں دیکھ کر شرما جاتی ہے، اُسے تمھاری باتیں بڑے مزے کی لگتی ہیں۔ اور جب میں تمھاری باتیں کرتی ہوں تو وہ لٹوریاں سنبھال کر میرا منہ تکنے لگتی ہے اور سمٹ کر میرے قریب آجاتی ہے۔ باجی کہتی ہیں "اس وقت وہ بے حد پیاری لگتی ہے بے حد معصوم" "پھر کیا کروں میں ؟" باجی کہتی ہیں" عثمان تم اس سے کہنا کہ شذّی میں تم سے محبت کرتا ہوں، اور جب وہ شرمانے لگے تو اُس کی ٹھوڑی اونچی کر کے اس کی لمبی لمبی پلکوں کو چوم لینا" اس کی مُڑی مُڑی لمبی پلکیں باجی کو بہت پسند ہیں، باجی کہہ رہی تھیں" جب تم رسالپور واپس چلے گئے تھے تو شذّی کی مُڑی مُڑی پلکوں سے موتیوں کی طرح چمکتے آنسو لرز لرز کر گرتے تھے۔ اس وقت وہ ٹھنڈے سانس بھرنا بھی

نہیں جانتی تھی۔ وہ کچھ بھی نہیں جانتی تھی۔ میں نے اس سے کہا شدّی پیاری تم دل بھاری نہ کرو مجھے معلوم ہے تمہیں ارشد کی یاد آتی ہوگی۔ لاؤ ایک خوب صورت سا پرچہ خوب بنا بنا کر لکھنا۔" اور جب ایک ننھّا سا پرچہ بھینی بھینی خوشبو میں بسا ہوا مجھے رسالپور میں ملا تو امّی نے حیرت سے پوچھا "یہ تعویذ کیسا؟"

صابر کہہ رہا تھا آپ ہیکڑی کس کو دکھاتے ہیں، باجی صرف آپ کی نہیں وہ نوجگت باجی ہیں۔ تیس برس سے تو میری امّی کی دوستی ہے ان سے جانتے ہیں آپ! بڑی گہری سہیلی ہیں وہ امّی کی تمھارا کیا ہے چار دن کی چھٹیاں گذارنے آ گئے، تو بس اپنی رشتہ داری پر اینٹھ گئے۔ اور سُننا چاہتے ہو کچھ؟" اس نے کہا۔ "کیا ــــ؟"

" اور یہ ساری لڑکیاں، جو باجی کو گھیرے رہتی ہیں ایک ایک سے پوچھ لو۔ مجھ کو چاہتی ہیں یا نہیں؟ اور اگر یقین نہ آئے تو پوچھ لو باجی سے پوچھوا دوں؟" اس نے کہا۔

"اور یعنی شدّی بھی؟"

" ارے میاں شدّی تو سو فیصدی! وہ تو فوراً شادی کر لینا چاہتی ہے مجھ سے۔" اس نے کہا۔

" بکتے ہو تم! باجی سے تو پوچھو۔" میں نے پورے وثوق سے کہ

"باجی سے تو پوچھو۔' صابر نے ٹیڑھا منہ کر کے چڑا دیا۔ اور میرے گلے میں ہاتھ ڈال کر بولا "۔ خیر۔ جی چھوڑو لڑائی بھڑائی۔ آؤ باجی کے پاس چلیں۔ آج میرا بیسواں پارہ شروع ہو جائے گا۔ تم نے تو ان سے ایک پارہ بھی نہیں پڑھا ہوگا۔ پتہ ہے جناب دسیوں لڑکے لڑکیوں کو قرآن ختم کرا چکی ہیں باجی۔ اور قاری بھی تو ہیں قاری"۔

وہ میری گردن کو گرفت میں لئے ہوئے چل رہا تھا۔

"ہاں یار معلوم ہے مجھے!" میں نے اس کا ہاتھ اپنی گردن سے نکال دیا۔ آج میرا دل بے طرح دھڑک رہا تھا۔ دو مہینے کی چھٹیاں پلک جھپکتے ختم ہو گئی تھیں۔ میری پیاری باجی کیسی میٹھی میٹھی باتیں کرتی ہیں۔ دل چاہتا ہے کہ بس ہر وقت بیٹھا سنتے جاؤں۔ اور ہاں بے چاری شذی! باجی کہتی ہیں۔ اس کا کیا حال ہو گا تیرے پیچھے۔ جانتا ہے تو۔ اُسے کسی کل اور کسی آن قرار نہیں آئے گا۔ اور جب تو آرام کی نیند سوتا ہوگا تو یہ چپکے چپکے رو رو کر تکیہ بھگو دے گی۔ اور تڑپ تڑپ کر ساری رات گذار دے گی۔ کیا تجھے اس پر بالکل ترس نہیں آتا عثمان؟" باجی نے کیسی درد بھری آواز میں پوچھا تھا۔

"آتا ہے باجی" میں نے گلوگیر ہوکر باجی کی ٹھٹھراسی گردن میں باہیں ڈال دی تھیں۔ اور ان کا حلق سینہ تک خشک ہوگیا تھا اور ان کی بڑی بڑی پھٹی پھٹی آنکھیں بے طرح چری جارہی تھیں۔ اور یہ خالہ اماں بھی کیسی ظالم ہیں۔ بے چاری باجی کو کوئی دوا کوئی ٹانک ــــــــ قرآن پڑھاتے پڑھاتے بھی تو گلا خشک ہوسکتا ہے اُن کا۔

اور جب میں رسالپور روانہ ہورہا تھا تو باجی نے میرے ننگے بازو کو سہلا کر امام ضامن باندھتے ہوئے سرگوشی میں کہا "یہ شذری سی کرلائی ہے تیرے لئے کہہ گئی تھی کہ باجی چپکے سے باندھ دینا۔ امام ضامن پر کڑھی ہوئی دو لمبی لمبی پتیاں خشک لبوں کی طرح کھلی ہوئی تھیں۔ باجی نے میری آستین کھینچ کر کف کا بٹن لگادیا۔

مجھے رسالپور آئے کئی مہینے ہوچکے تھے۔ باجی کے خطوں میں ننھا سا خوشبوؤں میں بسا پرزہ مجھے ہربار ملتا تھا جس کے جواب میں اگر میں دیر کرتا تو اس پر فوراً ڈانٹ کر ایک خط لکھ ڈالتیں جس میں میری بے اعتنائی اور شذری کی بے پناہ محبت کا واسطہ دے کر مجھے پشیمان کردیتیں اور میں اپنی بے وفائی پر نادم ہوکر فوراً جواب لکھنے بیٹھ جاتا۔ آج جب میں اسکول سے

واپس آیا تو امی جان خلاف معمول بڑی خوش معلوم ہو رہی تھیں انھوں نے اپنی صدری کے جیب میں ہاتھ ڈال کر ایک لفافہ نکالا اور مسکراتے ہوئے بولیں "لیجیو پڑھیو تو اس کو!"

"ارے شادی باجی کی!" خوشی کے مارے میرا سانس پھول گیا" اور یہ دولہا جو کیا ہوتا ہے امی! "یہ بھی اللہ کا کرم ہے بیٹا! ـــ ورنہ بھائی صاحب تو کسی آن رضامند نہیں تھے۔ اے اللہ تیرے صدقے! اللہ تیرے قربان!" امی نے آسمان کی طرف ہاتھ پھیلا کر اللہ میاں کی چٹ پٹ بلائیں لے لیں۔

میں نے باجی کو بڑے جوش و خروش میں کئی خط لکھ ڈالے۔ میرا خیال تھا کہ وہ مجھے بڑے تپاک سے جواب دیں گی اور سب سے زیادہ مجھے شادی کے ننھے سے پرچے کا انتظار تھا۔ باجی کہتی تھیں وہ رو رو کر تکیہ بھگو لے گی ـــ کیا تجھ کو اس پر ترس نہیں آتا عثمان؟" "آتا ہے باجی! .. ..بے حد ترس آتا ہے مجھ کو!"

میرا دل چاہ رہا تھا کہ آج خوب پھوٹ پھوٹ کر روؤں۔

ٹوکا لگ گیا

جس وقت دادا ابا نے دادی اماں کا مہر دیا تو دادی اماں کے دونوں بھائیوں کو بلا کر بڑے طنطنہ سے کہا" میاں تم بھی دیکھ لو یہ کاغذ۔ آئندہ یہ نہ ہو کہ خاندان میں ایک داماد ایسا آیا تھا کہ مہر بھی ہضم کر گیا۔ یہ اللہ کا اور اس کے رسولؐ کا دیا ہوا حق ہے۔ میں مارنے والا کون ہوں؟ اب یہ جانیں اور ان کی اولاد۔ مجھے کوئی سروکار نہیں۔" دادی اماں نے کئی بار منہ ٹپلا کر کہا" مجھے نہیں چاہئے مہر وہر کئی بار تو کہہ چکی ہوں کہ میں نے معاف کیا میرے خدا نے معاف کیا۔" "میں کوئی بھک منگا ہوں کہ معاف کراؤں گا۔" دادا ابا دونوں سالوں کے سامنے اکڑ گئے تھے۔ یہ اس وقت کی باتیں ہیں جب دادا ابا اور دادی اماں کی پچاسویں سالگرہ منانے

کے لئے بیٹے، پوتوں نے اودھم مچا رکھا تھا مگر دادی اماں نے چپکے سے بڑی بہو کے کان میں کہہ دیا تھا کہ

دیکھو بہو، ٹوکا لگ جاتا ہے۔ لوگ ہوتے ہیں۔ ویسے اللہ کے نام دو چار آدمیوں کو کھانا ضرور دے دو۔ اس میں کوئی حرج نہیں۔"

وہ دن اور آج کا دن بڑی بہو نے یہ بات ایسی گرہ میں باندھی کہ ہر سال عید کی ۲۷ آئی اور دو چار نہیں دس بارہ آدمیوں کو اللہ کے نام پر کھانا کھلاتیں مگر پوتا، پوتا اپنی کرنی سے باز نہ آتے۔ ایک گلدستہ اور دو کنٹھے ہر سال دادی اماں کی خدمت میں آتے۔ وہ گلدستہ میں سے دو پھول توڑ کر اپنی لٹکتی لوکوں میں اُڑس لیتیں اور کنٹھا بہو کو بھیج دیتیں اور ہر بار رازدارانہ انداز میں کہتیں "دیکھو اب تو میں نے لے لیا مگر اب نہ لانا۔ جانتے ہو لوگ ہوتے ہیں"۔ دادا ابا کی شادی کی گولڈن جوبلی کو بیس برس گزر چکے تھے۔ مگر ان کی آنکھیں کالے کالے حلقوں میں گولیاں سی چمکتی رہتی تھیں۔ اِدھر سویرے اخبار آیا اُدھر وہ رینگتے ہوئے دروازہ پر پہونچ گئے۔ جب تک پورے آٹھ صفحے ختم نہ کر لئے اخبار نہ چھوڑا۔ مگر ایک سال انفلوئنزا نے دادا کو ایسے لپیٹے میں لیا کہ گھٹنے جُڑے کے جُڑے رہ گئے

مگر انھوں نے اس کی بھی پرواہ نہ کی کھڑے کھڑے نہیں تو بیٹھے ہی بیٹھے خاصے چل لیتے۔ البتہ ہاتھوں میں چمڑے کے دستانے چڑھا لیتے کہ اُکڑوں چلنے میں ہاتھ میلے نہ ہوں۔ بہر حال یہ بھی اللہ کا شکر تھا کہ اس نے دیدے گھٹنے میں سے ایک تو رکھا ورنہ اندھے کے لئے تو دُنیا اندھیری ہو جاتی ہے۔

البتہ کچھ دن سے دادا کی کھال سُکڑ سُکڑ کر چمکنے لگی تھی، ایسا معلوم ہوتا تھا کہ کوئی پرانا سانپ کینچلی اتارنے پر ہو، بچے کہتے تھے کہ دادا اب چھوٹے ہوتے جا رہے ہیں۔ کوئی کہتا بس ان کا قد ایک گز کا ہوگا۔ کوئی کہتا نہیں میاں ایک گز ڈیڑھ گرہ تو ضرور ہوگا۔ لیکن صحیح اندازہ ہو بھی تو کیسے کیونکہ وہ گھٹنے سمیٹے سمیٹے چلتے، گھٹنے سمیٹے سمیٹے سوتے اور گھٹنے سمیٹے سمیٹے اُٹھ جاتے۔ چھوٹی مُنّی اپنے گُڈے کو بغل میں دبا کر کہتی دادا ابا تو بس میرے گُڈے کے برابر ہیں پھر سب بچے دادا ابا کی چمکتی کھوپری اور چھوارے کی شکل دیکھ کر خوب زور سے ہنس دیتے۔ بچوں کو وہ بعض باتوں میں اپنے ہی سے معلوم ہوتے لیکن صورت شکل اور حلیہ دیکھ کر سب کھلکھلا پڑتے تھے۔ عمر کے ساتھ ساتھ دادا کی بھوک بڑھتی جاتی تھی گھر کے کچھ لوگ کہتے تھے کہ بڑھاپے میں ہوکا ہو گیا ہے۔ کوئی کہتا کھانے کو خوب دو۔ کوئی کہتا ہاتھ روک دو۔ ورنہ

کھاتے کھاتے دَم دے دیں گے ۔ بہو کا یہ عالم تھا کہ صبح سات بجے ناشتہ کرتے نو بجے پھر پکار مچتی کہ کم بختوں ناشتہ لاؤ ۔ بڑی بہو اُن کے پاس جاکر زور سے کان میں چیخ کر کہتیں " ناشتہ تو آپ کر چکے ، بجے کیا تھا اب ۹ بجے ہیں "

" کیا دو دفعہ ناشتہ کرو گے دادا ؟ " بڑا ننّھا چیخ کر پوچھتا ۔

" کون کہتا ہے دو دفعہ اِدھر تو آ میرے پاس دو دفعہ نہیں دس دفعہ کروں گا ، تیرے باپ کا کھاتا ہوں بچہ " چُپ ہو جا ننّھے " بڑی بہو اشارہ سے بلاتیں ۔ اچھا امرود کھاؤ گے دادا " ہاں " پہلے ایک بات بتادو پھر دوں گا امرود ۔ بڑا ننّھا دانتوں سے امرود دبا کر دادا سے کہتا " کیا بتاؤں " وہ پھڑک کر پوچھتے ۔

" یہ بتاؤ تمھاری عمر کتنی ہے " بڑا ننّھا زور سے پوچھتا ۔

" ساٹھ سال کی ہے " دادا اتنے زور سے چیخ کر کہتے کہ آس پاس کے کھڑے ہوئے بچے بگڈبڈ کرکے بھاگنے لگتے ۔

" لادے امرود ! " وہ جیسے معاوضہ مانگتے ۔

" کب تک رہو گے ساٹھ سال کے ! " سخت سا امرود بڑھا کر طنز سے کہتا ۔

دادا کے مسوڑے بھی رگڑتے رگڑتے ایسے تیز دھار سے ہو گئے

بھُنے کر سخت سے سخت چیز مسوڑوں ہیں ختم کر دیتے۔ کچھ دنوں سے اُن کو ہتھیلی میں پیسے رکھنے کا شوق ہوگیا تھا اور یوں بھی فصل کی کھٹی میٹھی چیز کے لئے وہ بیتاب ہوجاتے، فالسے، کھرنیاں، آلوچے، سنگھاڑے، کچھ نہیں تو چار چھ پیسے کی چاٹ پتے ہیں لی اور دروازہ ہی میں چاٹ چوٹ گھر ہیں آجاتے۔ سالن دال چاول دنیا کی ہر شئے گھر میں پکتی اور دادا دُور سے ہی ناک سے اُلٹا سانس بھر کر اندازہ لگا لیتے کہ آج کوفتوں کی ہنڈیا پکی ہے اور اب کباب تلے جا رہے ہیں ایسا معلوم ہوتا تھا باورچی خانہ ہیں دادا کی آنکھیں گھوم رہی ہیں کیونکہ وہ دُور سے ہر پتیلی کو تاڑ جاتے اور کھانا کھاتے وقت چیخ کر کہتے اور "تیسری ہانڈی میں کیا ہے وہ کیوں نہیں آئی"۔

دادا کے کھانے کا سماں دیکھنے سے تعلق رکھتا سینی دیکھ کر ان کے ہاتھ کانپ جاتے۔ منہ چلنے لگتا۔ آنکھیں چمکنے لگتیں اور جب وہ بڑا سا نوالہ بنا کر پیالہ میں ڈبوتے تو ان کی رال ٹپکتے ٹپکتے رہ جاتی۔ بڑی بہو اُن کی ڈاڑھی پر سے شوربہ کی لکیر اور دال چاول کے دانے پوچھ کر ہاتھ دُھلاتیں تو اُن کی بُکھائیوں میں گھی کی موٹی سی تہہ جم جاتی۔ گھر والے ہق دق دادا کی بھوک پر

بار بار سوچتے مگر کسی کی سمجھ میں نہ آتا کہ یہ بھوک کیوں ایسی کھل گئی اور یہ اتنا کھانا ہضم کیوں کر ہو جاتا ہے۔ یوں بھی دادا کا منہ برابر چلتا رہتا۔ خالی وقت میں بیٹھے بیٹھے وہ رسان رسان منہ چلاتے رہتے۔ جیسے کچھ کھا رہے ہوں۔ کچھ لوگ کہتے کہ دادا عالمِ تصوّر میں شیرمال، قورمہ، بریانی، متنجن نہ جانے کیا کیا اُڑاتے رہتے ہیں۔ مگر بڑی بہو کی یہ بات سمجھ میں آتی تھی اس طرح جگالی کرنے سے دادا کی قوّتِ ہاضمہ صحت مند رہتی ہے ورنہ اگر وہ کسی دن جگالی نہ کرتے تو کھانا بھی قدرے کم کھاتے اور پھر اُن کو حرارت یا زکام کی شکایت ہو جاتی۔

کچھ عرصہ سے دادا نے دادی اماں کو نہ دیکھا تھا۔ اس لئے کہ وہ پھوپھی اماں کے گھر چلی گئی تھیں۔ بڑی بہو کے لیے بھی دو آدمیوں کا سنبھالنا مشکل ہو گیا تھا۔ اس لئے کہ وہ خود ساٹھ کے پیٹے میں تھیں اور دادی اماں تو اب بالکل ہی محتاج ہو کر رہ گئی تھیں۔ ان کے بھاری ہاتھی جیسے ڈبل سے گوشت کے لوتھڑے لٹکنے لگے تھے پھر ہر آن ہر منٹ پیشاب کی زحمت گھٹنوں نے ایسا جواب دیا کہ دو قدم سرکنا بھی مشکل تھا۔ پلنگ کے برابر کموڈ تپائی پر پانی سے بھرا ہوا لوٹا ہر دم تیار رہتا۔ آدمی

کو مشکل سے پہچانتیں۔ کھانا مختصر کھاتیں مگر پان تمباکو اور زیادہ بڑھ گیا تھا۔ تھوڑی تھوڑی دیر میں کرچی نکالی تمباکو ڈال پن گٹی میں کوٹا اور پچھی بھر کر چاٹ لیتیں۔ سُنا ہے کہ جوانی میں تو دادی اماں کی کھلائی پلائی کا کوئی اندازہ ہی نہ تھا۔ اچھے سے اچھا پکاتیں اور اچھے سے اچھا کھاتیں۔ سردیوں کی راتوں میں اخروٹ، چلغوزے، بادام، حلوہ سوہن کی چلکتیاں، گرم گرم دودھ کے دو آبخورے دو انگل موٹی ملائی ڈلوا کر دادا ابا خود لاتے۔ ایک خود پیتے ایک ان کو پلاتے۔ جب ہی تو یہ ہاتھی جیسا ڈیل ڈول تولہ بھر بھی نہیں گھٹا۔

اور ایک دن جب بڑا ننھا اسکول سے آیا تو اس نے کتابیں پٹخ کر بڑی بہو سے کہا "امّی آج دادا ابا کی شادی کی بہترویں سالگرہ ہے یاد ہے نا۔ آپ کو"۔ "ہاں خوب یاد ہے ذرا پانی تو دے آ دادا ابا کو۔ ابھی آواز دی تھی انھوں نے"۔

"اِدھر تو آیئے امّی یہ دیکھیے کیا ہو گیا دادا ابا کو!"

"کیا ہو گیا! کیوں حولاتا ہے مجھ کو"

"شکر قندی!"

"ہاں شکر قندی!"

"ارے یہ کس موذی نے دے دی ان کو"

دادا ابا کی مٹھی میں شکر قندی کا نصف ٹکڑا دبا ہوا تھا اور سارا حلق شکر قندی سے بند تھا۔

"میں تو پہلے ہی کہتا تھا آپ سے کہ آپ کھلانے کھلاتے مار دیں گی اِن کو!"

"پھر کیا بھوکا رکھتی اِن کو؟"

"کوئی پانی دینے والا بھی نہ تھا۔"

ابا جان کی غم ناک آواز نے سب کی گردنیں جھکا دیں۔

"یہ گلدستہ دادی اماں کو بھیج دیجئے گا امّی۔" بڑے منّے نے رو کر کہا۔

"نہیں میت کے ساتھ جائے گا۔ وہ تو پہلے ہی کہتی تھیں کہ لوگ ہوتے ہیں۔"

مسز سنگھ

حسن نے اس بار پھر مسوری کا پروگرام بنا لیا، اور اپنے بونگے دوست بخاری کو بھی ساتھ لے لیا۔ اصل میں حسن کو بخاری قسم کے دوستوں سے بہت دلچسپی تھی۔ کہتے کہ بھئی ہم کو تو شائستہ اور مہذب دوستوں سے زیادہ اپنے بونگے دوستوں میں مزہ آتا ہے، اور خصوصاً تفریحی مقامات کا لطف ایسے بے تکے دوستوں کی موجودگی میں اور زیادہ ہو جاتا ہے۔ وہ بخاری کی بونگی باتوں میں لوٹ پوٹ ہو جاتے۔

حسن جیسے تعلیم یافتہ اور مہذب انسان نے بھی کتنے عجیب قسم کے بانگڑ و پال رکھے ہیں۔

میں دل ہی دل میں اپنے شوہر کی بدمذاقی پر جل کر رہ جاتی، لیکن

بعض اوقات بخاری کی دیوانی حرکتیں بہت ہی دلچسپ بن جاتیں اور میں یہ سوچنے پر مجبور ہو جاتی کہ کیا یہ سب انسان مہذب اور شائستہ ہی بنے رہتے ہیں۔ لمبی لمبی ڈاڑھی والے جُبّہ والے سوٹڈ، بوٹڈ، شیروانیو کے پلّڑ مارے، حسن کہتے ہیں "یہ سب چھپے رستم ہوتے ہیں؟"

"ہوتے ہوں گے"۔ میں اُکتا کر رہ جاتی۔

بُخاری حسن کے کلاس فیلو تھے لیکن پانچویں جماعت ہی میں انھوں نے دو سال فیل ہو کر ہاتھ پاؤں ڈال دیئے اور ایک اچھے میکانک بن گئے۔ بُخاری کو اپنی ماں سے سب سے بڑی شکایت یہ تھی کہ انھوں نے ایک منحنی سی لڑکی سے جو بُخاری کی کمر کمر ہے کیوں شادی کر دی اس لئے کسی لمبے قد کی عورت کو دیکھ کر اُن کی آنکھیں پھٹی کی پھٹی رہ جاتیں اور وہ ہنستے ہنستے ایک دم سنجیدہ سے بن جاتے۔

لیکن بخاری بھی تو کچھ کم بے تُکے نہیں ہیں، بانس کے بانس پہ چھوٹا سا سر۔ لمبی بے ڈول گردن۔ بالشت بھر کا سینہ اور ایسے حقیر سے سینہ پر یہ دماغ! کون سی بد بخت عورت پسند کرے گی اِن کو! میں سوچنے لگتی۔

ہم لوگ اتوار کی شام کو دہرہ دون ایکسپریس سے روانہ ہو گئے۔ مسوری پہنچ کر ہم نے کنکریک سے نیچے ایک بنگلہ منتخب کیا

جو نشیب میں واقع تھا۔ گھر کی مالکہ مسز سنگھ بڑی ہنس مکھ اور متواضع خاتون تھیں۔

جب ہم نے ان سے پوچھا کہ آپ نے ایسی سنسان جگہ کیوں پسند کی تو وہ مضمحل سی ہوگئیں، شاید وہ نووارد مہمانوں کو اتنی جلدی اپنے حالات بتانے کو تیار نہ تھیں۔ لیکن بعد میں انھوں نے سب ہی کچھ بتادیا۔

"مسٹر سنگھ نے دوسری شادی کرلی ہے اور یوں بھی ان کو بیویوں کی کمی نہیں، شراب کثرت سے پیتے ہیں پیسہ بہت ہے۔"

یہ بنگلہ مسز سنگھ کے آنجہانی والد نے اپنی بیٹی کو دیا تھا۔ شاید اسی دن کے لئے......

"بے چاری مسز سنگھ" میرا دل ہمدردی سے لبریز ہوگیا۔ اور بخاری کی دلچسپی بڑھنے لگی۔

"آپ کو یہاں ڈر تو نہیں لگتا؟" میں نے مسز سنگھ سے پوچھا۔

"ڈر۔؟" اس کے ہونٹوں پر تلخ مسکراہٹ پھیل گئی۔

"جی ہاں، یہاں تو دُور دُور کوئی بنگلہ بھی نہیں ہے گنجان جنگل۔ اور تنہائی۔ کیسے رہتی ہیں آپ؟" میں نے کہا۔

"بڑے مزے میں۔" اُس نے مایوسانہ نگاہوں سے دیکھتے ہوئے

کہاں" اور میرے کتے نہیں دیکھے آپ نے ، بڑی نگہبانی کرتے ہیں وہ"
اُس نے ہلکی سی سیٹی بجائی پانچوں کتے آگے کے پنجے اُٹھا کر اُس کے اِرد گرد کھڑے ہو گئے۔

"یہ فوج تو خوب بنائی ہے آپ نے" حسن نے مسکرا کر کہا۔

"اور آپ ان پانچوں میں سب سے زیادہ کس کو چاہتی ہیں ؟"
بخاری نے دبدبے چڑھا کر متانت سے پوچھا۔

"سب کو..... میں نے تو ان کو ننھا ننھا سا پالا ہے" مسز سنگھ نے ایک کالے چکنے کتے پر ہاتھ پھیر کر کہا۔

" خیر ویسے تو سب کو ہی چاہتی ہوں گی آپ لیکن زیادہ انسیت کس سے ہے ؟"

بخاری کے بھونڈے سوال مجھے بہت ہی بُرے معلوم ہو رہے تھے۔

"یہ روبا ہے نا۔ بس یہ تو میرے اوپر جان فدا کرتا ہے، ایک دن میں اُکتا کر بنگلہ سے کئی میل دُور چلی گئی۔ گھنے ڈراؤنے جنگلوں کو الانگتی پھلانگتی۔ نہ جانے اُس دن مجھ پر کیا وحشت طاری تھی۔ دل چاہتا تھا کہ یوں ہی چلتی رہوں۔ ٹھوکریں کھاتی لڑھکتی۔ بے سر و پا راستوں کو عبور کرتی۔ رات ہو گئی تھی اور قریب کی گھاٹیوں سے جنگلی جانوروں کی ہیبت ناک آوازیں گونج رہی تھیں، آبشار کی دل ہلا دینے والی پکار

ایسا معلوم ہو رہا تھا جیسے کوئی مقدّس دیوتا بھرپور جوانی میں اپنی دھوتی کو پھٹکار پھٹکار کر چیخ رہا ہو۔ چھبورام..... چھبورام"

مسز سنگھ خاموش ہو گئی اور اُن کا سانس تیز تیز چلنے لگا۔

"پھر کیا ہوا...... پھر کیا ہوا"۔

بخاری منہ پھاڑے بیٹھے تھے جیسے کوئی بچّہ مَن بھاتی کہانی سُنکر مُنہ کھول دیتا ہے۔

"پھر...... ہاں پھر" وہ چونک گئی۔

"اور یہ جو روبا ہے نا؟" بس یہ نالائق نہ جانے کہاں سے ہانپتا کانپتا میرے پاؤں میں آ کر لوٹنے لگا۔

اُس رات اِس کی آنکھوں میں بڑی چمک تھی ایسی چمک ایسا سلیقہ! جیسا ایک نوجوان لڑکے میں پیدا ہو جاتا ہے نا؟ اور میں نے اُس دن اِس کو پہلی بار روتے ہوئے دیکھا۔ کتنا معصوم لگ رہا تھا یہ! میں نے اس کے آنسو اپنے رومال میں جذب کر لئے اور خود رو پڑی۔

"یعنی کُتّے کے ساتھ آپ بھی رو دیں"۔

بخاری بے وقوفوں کی طرح مسز سنگھ کا مُنہ تکنے لگے۔ اور حسن نے اپنی مسکراہٹ رومال کی تہہ میں چھپا لی۔

"ہاں میں بھی رو دی اس کے ساتھ!" مسز سنگھ نے ٹھنڈا

سانس بھرا۔

"پھر۔۔۔۔۔اور پھر آپ کو وہاں سے کون لایا۔ بخاری نے دیوانوں کی طرح بے چین ہو کر کہا۔

"یہ!" مسز سنگھ نے روبا کی چاکلیٹی تھوتھنی کو دونوں ہاتھوں سے بھینچ کر کہا۔

"یہ کتا! یہ کتا۔ یعنی اس نے آپ کی جان بچائی!"

بخاری حیرت زدہ تھا۔

"جی۔۔۔۔۔جی ہاں بخاری صاحب یہ کتا انسانوں سے بہتر ہے"۔ مسز سنگھ نے روبا کی جھالر والی دُم کو سونتے ہوئے کہا۔

"بہت رہی صاحب! تو کیا یہ کتے صاحب ہم سے بھی بہتر ہو گئے"

بخاری کو ناگوار گذر رہا تھا۔

"آپ بہت بھولے ہیں بخاری صاحب!" مسز سنگھ مسکرانے لگی۔

"آپ صحیح فرماتی ہیں۔ ہمارے بخاری صاحب بہت ہی نیک دل انسان ہیں"۔ حسن نے اپنے احمق دوست کی تعریف کر ڈالی۔

"بیشک! بیشک"۔ مسز سنگھ نے بخاری کو احترام سے دیکھتے ہوئے کہا۔

اور بخاری بلّی کی طرح مُسمُسے بن گئے۔

"اور دیکھئے تو! رات کو تو آپ کے کُتے بہت ہی زور زور سے بھونک رہے تھے میں نے کھڑکی میں سے دیکھا تو ایک سیاہ ڈھیر بھاگتا ہوا نظر آیا، کیا بھالو تو نہیں ہوتے یہاں؟"

میں نے مسز سنگھ سے پوچھا۔

"لیکن آپ تو کواڑ بند کر کے سوتی ہوں گی! بس یہی احتیاط کریئے"۔

مسز سنگھ نے لاپرواہی سے کہا۔

"لیکن یہ حضرت! (بخاری کی طرف اشارہ کر کے) برآمدہ ہی میں آرام فرماتے ہیں۔ ان سے کئی بار کہا کہ بھائی کمرہ میں سوؤ مگر جناب کو تارے گننے کی عادت ہے شاید"۔

حسن نے بخاری کی بہادری جتائی۔

"ایسی غلطی نہ کریئے۔ بخاری صاحب جانتے ہیں آپ یہ جنگل ہے گنجان اور غیر آباد اور یہ جو آڑو اور چیلو کے پیڑ ہیں۔ (مسز سنگھ نے اشارہ سے بتایا) آپ کو نہیں معلوم کہ بھالو کو چیلو پھل کتنا پسند ہے اور بھئی میرے لدے پھندے پیڑ ہر سال اِن بھالوؤں کی نذر ہو جاتے ہیں آج سے آپ اندر سوئیں گے نا؟"

مسز سنگھ نے ڈرا کر پوچھا۔

"بہت سوئے اندر!"

بخاری نے مٹھی بھر کی کھوپڑی ہلا کر کان کھڑے کر لئے

"ارے میاں تو کیا بھالوؤں کی نذر کر جاؤں تم کو!" حسن نے

پہلو بدل کر ہنستے ہوئے کہا۔

"انھیں میری نذر کر دو جان........تے ہو تم!" وہ دو انگل کا

سینہ تان کر بولا۔

"کیا؟" حسن نے میری طرف دیکھتے ہوئے بخاری سے پوچھا۔

"میں اپنے باپ سے بھی نہیں ڈرتا!"

بخاری کو غصہ آگیا اور حسن اُس کی ٹھوڑی میں ہاتھ دے کر

قہقہہ مار کر ہنس دیئے۔

"اچھا کل کہاں کا پروگرام رہے گا؟"

حسن نے بخاری کے پُٹھے پر تھپ تھپاتے ہوئے پوچھا۔

"کلھڑی بازار!....کتاب گھر اور.......اور جہاں تم کہو!"

بخاری کا غصہ اُتر چکا تھا۔

"بہت ٹھیک! بہت ٹھیک! بھئی عذرا مسز سنگھہ کو

کل کے پروگرام میں ضرور شریک کرنا" حسن نے مجھ سے کہا۔

"ہاں ضرور ضرور! کل آپ کوئی عذر تو نہیں کریں گی؟ چلیں گی

نا ہمارے ساتھ؟" میں نے مسز سنگھہ سے پوچھا۔

"نہیں بھئی آپ لوگ جائیے" مسز سنگھ نیم رضامند تھیں۔

"نہیں نہیں آپ کو چلنا ہی پڑے گا"۔ بخاری مسز سنگھ پر زور ڈال رہے تھے۔

"دیکھا جائے گا" مسز سنگھ نے جماہی لیتے ہوئے کہا اور کھڑی ہو گئیں۔

دوسرے دن صبح ہم لوگ اُس پہاڑی پر چڑھ رہے تھے .جو ہمارے بنگلہ سے کتاب گھر کو جاتی تھی پیدل چلنے کے لئے یہ سب سے اچھا شورٹ کٹ تھا پھر بھی اتنی اونچی پھسلواں پہاڑی پر بار بار پاؤں پھسل رہے تھے۔حسن نے میرا ہاتھ تھام لیا تھا اور دوسرے ہاتھ سے چھڑی کی نوک جما جما کر قدم قدم بڑھا رہے تھے۔مسز سنگھ ہم سب سے چار قدم آگے چلی جا رہی تھیں اور بخاری لمبے لمبے ڈگ بھر کر مسز سنگھ سے آگے نکلنے کی فکر میں تھے۔

"مسز سنگھ!" بخاری زور سے چلائے۔

ہم نے مڑ کر دیکھا بخاری بڑے مزہ کی قلابازیاں کھاتے نیچے جا رہے تھے۔

"گھبرانا مت!" مسز سنگھ نے تیزی سے نیچے بھاگتے ہوئے کہا۔

"بہت گھبراتے"۔ بخاری نے لڑھکنیاں کھاتے ہوئے کہا۔

"کہیں چوٹ تو نہیں آئی؟" حسن نے چیخ کر پوچھا۔

"بہت آئی چوٹ!"۔ بخاری سینہ تانے کھڑے تھے۔

"آیئے میرا ہاتھ پکڑ لیجئے" مسز سنگھہ نے بخاری کے سر سے دھول جھاڑتے ہوئے کہا۔

"اجی آپ ہی تھام لیجئے میرا ہاتھ"

بخاری نے کلائی بڑھاتے ہوئے کہا۔

"چلئے یوں ہی سہی"

مسز سنگھہ نے مسکراتے ہوئے بخاری کی اُنگلی پکڑ لی۔

اوپر پہونچ کر ہم لوگ ایک پارک میں دَم لینے کے لئے بیٹھ گئے لیکن بخاری ہیکڑی میں تن تن کر ٹہلنے لگے۔

سامنے کے بنچ پر ایک بہت لمبا انگریز ایک چھوٹی سی ٹھنگی عورت سے ہنس ہنس کر باتیں کر رہا تھا۔

بخاری بے تابی سے اُن کے اِردگِرد چکر کاٹنے لگے۔

"دیکھا تم نے! بخاری نے حسن سے اُس جوڑے کی طرف اشارہ کر کے کہا۔

"کیا بات ہے" حسن انجان بن کر بولے۔

"یعنی ہمارا والا معاملہ"۔ بخاری نے مسکرا کر کہا۔

"یعنی کیا؟" حسن بھی مسکرا دیئے۔

"وہی قد کی اینچا تانی"۔ بخاری نے بڑے انداز سے کہا۔

"لیکن تمہیں کیا معلوم کہ وہ عورت اس شخص کی بیوی ہی ہوگی" حسن نے کہا۔

"اجی معلوم کیسے نہیں ہم نے بھی دنیا دیکھی ہے اور نہیں تو ٹھہرو! ابھی معلوم کرتا ہوں"۔

بخاری لمبے لمبے ڈگ مارتا اس جوڑے کی طرف بڑھ گیا۔

"گڈ ایوننگ سر جناب!"

بخاری نے انگریز کو اشارہ سے سلام کرتے ہوئے کہا۔

"گڈ مورننگ"، انگریز نے مسکرا کر جواب دیا۔

"آئی آسک ون ورڈ سر!"

بخاری انگریزی بول رہے تھے۔

"یس"، انگریز نے دماغ پر زور ڈالتے ہوئے کہا۔

"اٹ[1] ڈومین ہوز؟ یو"

بخاری نے اشارہ سے پوچھا۔

---

(1)It. woman whose ? you

لاسٹی ازمائی وائف ۱؎"

انگریز نے کھسیا کر مشتبہ نگاہوں سے دیکھ کر کہا۔

"تھینکیو سر! تھینکیو۔ اینڈ مائی وائف اِسمال پوکٹ ایڈیشن سر ۲؎"

بخاری نے لفظ" سمال"(small) کو ہاتھ کے اشارے سے بتاتے ہوئے کہا انگریز مُسکرا دیا اور حسن کا سفید چہرہ ہنستے ہنستے سرخ ہوگیا۔

مسز سنگھ دُور کی ایک جھاڑی سے گلاب کی کلیاں توڑ رہی تھیں۔ اُنھوں نے بخاری کو آواز دی لیکن اُس وقت بخاری تھوڑے سے مطمئن نظر آرہے تھے۔ اُنھوں نے اشارہ سے کہا کہ تو رُکے جاؤ میں ابھی آتا ہوں۔

"اب تو مطمئن ہوگئے تم" حسن نے مُسکرا کر پوچھا۔

"مطمئن تو کیا ہوتا لیکن یہ سوچ رہا ہوں کہ ایک تار دے دوں"
بخاری نے کہا۔

"یعنی بیوی کو؟ بلانے کا؟" حسن نے پوچھا۔

"ہاں کچھ یہ ہی خیال ہے اور اپنی خیریت بھی لکھ دوں"۔ بخاری نے کہا اور تھوڑی دیر بعد جب ہم ہوٹل کی طرف جانے لگے تو بخاری

---

(1) She is my wife (2) thank you sir thank you! and my wife small pocket Edition.

کی جیب سے تار کا مضمون اُڑ کر پیچھے گر گیا۔ حسن نے پرچہ اُٹھا کر دیکھا لکھا تھا "آئی ایم گڈ مائی وائف۔ کم کلوز ٹو می"۔[1]

حسن نے اس تار کا راستہ بھر لطف لیا۔

پیراڈائز ہوٹل میں پہونچ کر ہماری نشست اس طرح تھی کہ میرے سامنے حسن اور مسز سنگھ کے سامنے بخاری۔

کھانے پینے کا آرڈر اور آج کی دعوت بخاری نے اپنے ذمہ لے لی تھی۔

"بوائے ہیر کم"[2] بخاری انگریز بن گئے تھے۔

"یس سر" بوائے سامنے کھڑا تھا۔

"ٹی اینڈ مٹن چاپ برنگ"[3] بخاری نے آرڈر دیا۔ بوائے جانے لگا۔

"ہلو! ہلو! بوائے! بخاری پھر چیخے اور بوائے واپس آیا۔

"کاؤ لینگوئج برنگ"[4]۔ بخاری نے کہا۔

"سینڈ وچ!"۔ بوائے سٹپٹا گیا۔

"نو! نو کاؤ لینگوئج برنگ!"۔ بخاری نے زبان نکال کر دکھاتے

---

(1) I am good my wife come close to me.
(2) Boy here come.
(3) Tea and mutton chop Bring.
(4) Cow language Bring.

ہوئے بوائے کو سمجھایا۔

"لیکن وہ نہیں صاحب"۔

بوائے چکرا گیا تھا اور حسن اپنی کرسی پر دوہرے ہو گئے تھے۔

حسن مسکرا مسکرا کر چائے اور پیسٹری کے ساتھ بریانی اور قورمہ بھی نوش کر رہے تھے۔

"کیا کھانا نہیں کھائیں گے آپ؟"

ہیں نے حسن سے مسکراتے ہوئے کہا۔

"کھائیں گے کیوں نہیں آج تو بخاری نے دعوت کی ہے"۔

حسن بریانی کا چمچہ منہ میں رکھتے ہوئے بولے۔

"ضرور کھائیں گے صاحب!" یہ تو ناشتہ ہے! کہئے آپ کو کون سی چیز سب سے زیادہ پسند آئی" بخاری نے حسن سے پوچھا۔

"چانپ" حسن نے ہڈی چباتے ہوئے کہا۔

"بوائے"۔ بخاری نے بوائے کا ناک میں دم کر رکھا تھا۔

"یس سر" بوائے پھر حاضر ہو گیا۔

"چانپ سم[1] اینڈ برنگ اینڈ ارتھمیٹک[2] برنگ!"

بخاری نے فیاضانہ لہجہ میں کہا۔

---

(1) Some (2) Arithmatic

"بل! بل!"

حسن نے ہنسی ضبط کرتے ہوئے بوا سے کو سمجھایا۔

ہم کو یہاں آئے ایک ماہ سے زیادہ ہوگیا تھا۔ برسات شروع ہوچکی تھی گھنگور گھٹائیں دھونتال پانی کئی کئی دن تو سورج بھی نہ نکلتا تھا۔ سب سے زیادہ کوفت مجھے ان بادلوں سے ہوتی تھی جو کمرہ میں درانہ گھس کر ہر چیز کو بھگو جاتے تھے۔ میں نے حسن سے کئی بار کہا کہ "اب ہمیں واپس جانا چاہئے" لیکن بخاری نے کہیں نہ کہیں کا پروگرام بنا کر کئی ہفتے یوں ہی ٹال دئے۔۔

اور ایک دن۔ حسن اور میں بل کھاتی ہوئی اُس سڑک پر ٹہلنے چلے گئے جو پالوگنج تک جاتی تھی۔ اودی گھٹاؤں سے برستی ہوئی۔ ہلکی ہلکی پھواریں نہائے دھوئے درخت۔ مکہ کی بالیں، خوفناک کھڈ اور جا بجا پرشور نالے۔ حسن بار بار میرے چہرے پر بکھری ہوئی بوندوں کو اپنے رومال سے پونچھ دیتے تھے۔ اور جب ہم ایک ٹیلے کی گولائی کو طے کر کے آگے بڑھے تو سامنے ہی ایک پہاڑی پر دو خوش لباس آدمی چڑھتے نظر آئے۔

"کتنے شوخ کپڑے ہیں اِن کے۔"

میں نے ان لوگوں کی طرف اشارہ کرکے حسن سے کہا۔

"ہاں! ہاں بہت شوخ! ذرا دینا دوربین"۔

حسن نے میری جیب سے دوربین نکالتے ہوئے کہا۔

"کون ہے!"

میں نے بے صبری سے دُوربین چھینتے ہوئے کہا۔

"دیکھ لو تم"۔ حسن سنجیدہ سے ہوگئے تھے۔

"ارے یہ دونوں؟"

میرے منہ سے بیساختہ نکلا۔ مسز سنگھ شوخ نیلے رنگ کی برساتی پہنے تھیں اور بخاری کا چھوٹا سا عنابی برساتی میں عجیب سا لگ رہا تھا۔

مسز سنگھ بخاری کا بازو تھامے اس طرح چڑھ رہی تھیں جیسے کوئی نوآموز بچہ کسی کا سہارا لے کر دھیرے دھیرے قدم اُٹھا رہا ہو۔

"کتنی بن رہی ہیں مسز سنگھ جیسے چلنا ہی نہیں آتا اور اُس دن تو بخاری کو پکڑ کر ہرنی کی طرح بھاگ رہی تھیں" میں نے طنز سے کہا۔

"لیکن سہارا تو اس کو بھی چاہیے۔ بے چاری عورت ہی تو ہے نا؟"

حسن سوچ رہے تھے۔

"اور اس بخاری کو کیا ہوگیا ہے آخر؟" میں غصہ میں بولی۔

"ملں کی لائی ہوئی تین فٹ کی بیوی اور یہ تاڑ کا تاڑ! تم نے دیکھا عذرا کتنا ناموزوں قد معلوم ہو رہا ہے مسز سنگھ اور بخاری کا"

"لیکن وہ بھی تو عورت ہے بے چاری تین فٹ کی بیوی"۔

میں نے حسن سے کہا۔

"پھر کیا کیا جائے عذرا" حسن خاموش ہو گئے اور مجھے ایسا معلوم ہوا کہ بخاری کی ننھی سی بیوی سسک سسک کر کہہ رہی ہو کہ "آخر میں نے کیا بگاڑا تھا ان کا"!... میرا دل کانپنے لگا۔

ہم دونوں ایک ہفتہ کے بعد مسوری سے واپس آ گئے تھے لیکن بخاری نہ جانے اُس کی نیت میں کیا فتور آ گیا تھا اُس نے ہم کو دہرہ دون تک پہونچا دیا۔

اور کئی سال کے بعد جب ہم مسوری گئے تو مسز سنگھ کا بنگلہ رنگ رنگ کے پھولوں سے لدا ہوا تھا اور دو بخاری ٹائپ کے بچے ہری ہری گھاس پر سے بیر بہوٹیاں اُٹھا کر مٹھی میں چھپا رہے تھے۔

"ہلو مسز سنگھ"!

حسن نے مسز سنگھ کو آتے دیکھ کر غیر ارادی طور پر کہا۔

"یعنی اب بھی مسز سنگھ؟"

بخاری نے حسن کے گلے میں دونوں ہاتھ ڈال دیے اور حسن نے ایک فرمائشی قہقہہ لگایا۔

"یوں ہی چلنے دو یار"۔ حسن نے چھیڑتے ہوئے کہا۔

"بہت رہی صاحب؟"۔ بخاری سوچ میں پڑ گئے۔ تھے۔

تلملاہٹ

جب سے اپنا کونہ چھوٹا ہے۔ اللہ جانے بے کل ہو کر رہ گئی ہوں۔ مجھے تو یہاں کے طور ایک آن نہیں بھاتے، مرکانوں کو دیکھو شیطان کی آنت کی طرح آسمان تک چلے جا رہے ہیں۔ بھلا پانچ پانچ چھ چھ منزلیں! جوان لڑکے بھی گدھوں کی طرح ہانپنے لگتے ہیں۔ بُوا اپنی جان میں اتنی سکت کہاں کہ سو سیڑھیاں چڑھیں اور سو اُتریں۔ نہ جانے کن موؤں کی ایجاد ہیں یہ گھر۔ بند پنجرے ہزاروں بنا ڈالے ہیں۔ بہت تیر مارا تو دو ایک گوک کہیں آگے لگوا دیں۔ بھلا اِن لڑکی بالیوں کو کوک ہیں لے کر بیٹھوں؟ اللہ اُجاڑ دے اُس دن کو۔

رات کو شریفہ کے ابا بولے "جب دیکھو گرمی کا رِٹّن! باہر کیوں نہیں

بیٹھ جائیں۔گوک ہیں!"

مجھے بھی ایسی جھنجھلاہٹ آئی کہ بڑے میاں کی لاکھوں ہی فضیحتیاں کر ڈالیں۔غضب خدا کا آج مجھے بٹھا رہے ہیں۔کل بہو بیٹیوں کو بھی بٹھائیں گے۔اور فرض کرو اگر میں رات برات بیٹھ بھی جاؤں تو اِن نگوڑی ماریوں کی بھی تو جان ہے جو سارے دن کمروں میں گھٹی رہتی ہیں۔بڑی بڑی حویلیوں کی رہنے والیاں۔تمیز سے بنے ہوئے مکان۔دالان اندر دالان۔دائیں بائیں کوٹھریاں۔بڑی ساری انگنائی۔اور شام کو جب چھڑکاؤ ہوتا تھا تو کچی مٹی کی سوندھی سوندھی خوشبو۔بس جنّت کا مزہ آنے لگتا تھا۔

سویرے ہی سے کسی بندھی چارپائیوں پر چھتی چادروں کے بچھونے بچھائے دونوں بہوئیں، رنگے چُنے دوپٹے اوڑھے، پھولوں کی گجراسی بالیاں کانوں میں پہنے، ہر آنے جانے والے کے آگے شربت کے شورا سے گلاس دیسی پان کی زرد زرد گلوریاں پیش کرتی تھیں اِدھر بڑے میاں سٹک منہ میں دبائے لیٹے ہی لیٹے بہوؤں کی سلیقہ مندی کو دیکھ دیکھ کر مُسکراتے۔

اور یہاں تو ہر وقت بہوؤں کے دُم پر سوار! نگوڑیاں سارے دن مُنہ میں قفل لگائے بیٹھی رہتی ہیں۔آخر ان کی بھی تو جانیں ہیں۔تیسل پھول تو گیا چولھے کی جڑ میں یُوں میں اُڑسنے کو پنکھڑی بھی نہیں جڑتی اور

اور کنگھی چوٹی سے بھی عاجز آگئی ہیں۔ اور کون سی ایسی بہو ہوگی۔ جو بے غیرتی کا جامہ پہن کر بڈھے سسر کی چندیا پر سنگار کرے۔ کوئی بھولا بھٹکا آ بھی گیا تو اُس کو پان کا ٹکڑا بھی ڈھنگ سے نہیں جڑتا۔ سُنا ہے کہ پان بھی تو دہلی سے آتے ہیں اور وہ بھی چھٹنکیوں کے حساب سے ملتے ہیں۔ نہیں تو اپنے یہاں پیسے کے دو پان پیسے کے چار پان جیسی فصل ہوئی، اور زیادہ ضرورت پڑی تو مُٹھا منگالیا۔ اگر یہ پان آنے بھی بند ہو گئے تو پھر کیا گھاس پھونس کھایا جائے گا اور ہمسریوں کا کیا حشر ہوگا کہ ہر وقت پٹاری گھٹنے کے نیچے دبی رہتی ہے۔ ایک آن کی دیر ہوئی اور جمائیوں کے مارے دونوں کلّے پھوڑا بن گئے۔

جب سے یہاں آئی ہوں کئی بار سوچا کہ برتنوں پر قلعی کرالوں جو نہ جانے کیسی ہوا ہے یہاں کی۔ بوری بھرے برتن زنگار ہو کر رہ گئے جس چیز کو دیکھو جس چیز کو اُٹھاؤ پھپھوند۔ اور تو اور آدمیوں کے پھپھوند لگتی یہیں دیکھی۔ کوئی داد میں کوئی کھجلی میں کھُر کھُر کھجاتا پھر رہا ہے۔ کھٹمل بھی تو ایسے جگادری ہیں۔ اس دیس کے۔ ساری رات کھجاتے کھجاتے پوروے بھی تو گھس گئے۔ صبح جب سو کر اُٹھتی ہوں تو چادر پر خون کی لمبی لمبی دھاریاں پڑی ہوتی ہیں۔ ایڑیوں

کی رگڑ ہیں بہتیرے ہی پٹاخے کی طرح پھٹتے ہیں۔ دوسرے دن پھر دیکھو تو اُس سے زیادہ موجود۔ تعجب تو اِس بات پر ہوتا ہے کہ جب مجھ جیسی بڑھیا کی سوکھی ساکھی کھال کو بچوڑ کر یہ جما جمایا کالا خون بھی چوس جاتے ہیں تو پھر نرم نرم پنڈوں سے نتھرا نتھرا ڈھیروں ہی خون پی کر دَم لیتے ہوں گے۔ چھوٹی مُنّی (میری پوتی) جب اپنی پھول سی کلائی کھول کر کہتی ہے۔ دیتھو اماں بے ٹاٹا ٹھٹمل نے (دیکھو دادی اماں یہ یہ کاٹا کھٹمل نے) اللہ میرا جانتا ہے اُس وقت میری جان تلملا جاتی ہے اور میں گود پھیلا کر کہتی ہوں الٰہی کھٹمل بچوں تمھاری نسل ہی ماری جائے، الٰہی ڈھائی گھڑی کی آجائے تم سب کو۔

ہاں —— تو میں یہ کہہ رہی تھی کہ برتنوں پر قلعی آج تک تو ہوئی نہیں۔ نہ جانے کیسی بولی ہے یہاں کی۔ جیسے کوئی پتھر دے مارتا ہے۔ ہر صبح کئی قلعی والے اکھڑ سی آواز میں چیختے ہیں۔

"قلعیٔ والا! قلعیٔ والا۔"

بہو کہتی ہے اماں برتن قلعیٔ کو دے دو! میں کہتی ہوں آخر اپنی گلی میں بھی تو آتا تھا۔ وہ قلعیٔ گر کا گھٹیا سا لڑکا جو ہر دروازہ کے پاس جا کر آواز لگاتا تھا۔

"اے بی برتن دے رہی ہو قلعیٔ کو!"

کیسی کوک تھی اُس فتنہ کی آواز میں دَم کے دَم میں کوڑیوں ۔ برتن سمیٹ کرے جاتا تھا وہ۔

کئی دن سے چھوٹی دُلہن کہہ رہی ہے ۔ آماں چوڑیاں تو چٹخ ہوگئی ہیں۔ اب کہاں سے لاؤں میں اس کے لئے لال سبز چوڑیوں کے جھم جھاتے ٹوکرے ۔ لگی بندھی چوڑی والیاں ہر پندرھویں آئیں اور خود پہنا گئیں کوئی جھک جھک نہ پٹ پٹ ۔

"برابر والی کہہ رہی تھیں کہ یہاں بھی آتا ہے ۔ چوڑی والا" میں نے کئی بار ایک آواز تو سُنی ہے ۔"کانگڑی والا!" لیکن میں اپنی بچیوں کو کانگڑی کیسے پہنوادوں! نہ جانے کیا بلا ہوتی ہے وہ۔

بڑا ننھا بہت دن سے پیچھے پڑ رہا تھا۔ کہ اماں یہاں کا بازار تو دیکھ لو، آج میں رضامند ہوئی تو چھوٹی مُنّی بھی پیچھے لگ گئی ہم صدر پہنچ کر ایک پتلے سے بازار میں مُڑے ۔ بڑے ننھے نے بتایا کہ آماں یہاں کپڑا بکتا ہے ۔ جو چاہے خرید لو، نُکڑ پر ایک سفید ڈاڑھی والا کھلونوں کا ٹھیلا لئے کھڑا تھا۔ بچی میری اُنگلی چھوڑ کر جھٹ سے ٹھیلے والے کے پاس کھڑی ہوگئی ٹھیلے والے نے بڑے اشتیاق سے بچی کی طرف دیکھتے ہوئے پوچھا۔

"کیوں آماں کیا لینا؟"

اس پر اللہ کی مار بچی تو چیخ کر مجھ سے لپٹ گئی۔

"نہیں، ہم اس کی اماں نہیں ہم اس کی اماں نہیں۔"

وہ رو رو کے کہنے لگی ٹھیلے والا بھونچکا سا ہوکر آگے بڑھا اس نے بچی کو چمکارتے ہوئے باربار کہا۔

"کیوں امّاں کیا لینا۔ کیوں اماں کیا بات ؟"

بچی اور زیادہ رونے لگی۔ معاملہ کو سمجھتے ہوئے میں نے اُس سے کہا۔

"بھیا تم امّاں امّاں مت کہو۔ بھلا کہاں یہ اتنی سی بچی اور کہاں تم"

اس نے ڈاڑھی پر ہاتھ پھیر کر کہا۔

"اچھا امّاں روؤ مت یہ تو اپنا اپنا بولی ہے۔"

لاوا

"بیٹی سالن تو تم خود ہی بھون لینا۔ تمھارے ابا روز روز بھوکے رہتے ہیں۔ اِس نرگس کو کچھ بھی نہیں آتا۔ رشید میاں کی قمیص بھی شام تک تیار کر لینا۔ کئی مرتبہ کہہ چکا ہے کہ اماں قمیص کب سلوائیں گی۔ اور ہاں وہ میرا دوپٹہ بھی اب ختم کر دو۔ دس پندرہ بوٹیاں تو رہ ہی گئی ہیں۔ چھوٹے بھیّا کا نیکرا اور رائمہ کی فراک بھی ادھوری پڑی ہے۔ اور گودام بھی تو آج صاف کرانا ہے۔ ساری جنس چوہے غارت کرتے ہیں۔ کئی دن سے سر دھونے کو کہہ رہی ہوں آنولے کوٹ جائیں تو سر دھو ڈالوں"۔

"اچھا، بہت اچھا، بہتر ہے۔"

اماں بی کے احکام پر یہ ہی تو کہا جاسکتا تھا۔ اور دل ہی دل

ہیں بڑبڑانے لگتی ۔ نہ جانے کیسا کھوٹا نصیب ہے کسی آن نہیں کھلتا اور کھلے بھی کیسے؟ امّاں بی کو تو کوئی پسند ہی نہیں آتا۔ اُس میں یہ عیب ہے۔ اِس میں یہ خرابی ہے۔ کوئی پوچھے جناب آپ کی لڑکی میں کیا سرخاب کا پَر لگا ہے؟ اور نانی امّاں بھی تو اُن کی ہمنوا ہو گئی ہیں۔

مجھے نہیں چاہئے کوئی آئی۔ سی۔ ایس، پی۔ سی۔ ایس، سارے زمانے کی لڑکیوں کے لئے آئی۔ سی۔ ایس، ہی تو آتے ہوں گے میرا تو جی گھبرا گیا ہے۔ بڑے فخر سے کہا کرتی ہیں۔ میں تو سولہ سال کی عمر میں ایک بچہ کی ماں بن گئی تھی۔ میں کیا کروں اگر بن گئی تھیں! بڑھیا ہو گئی ہیں۔ لیکن میکے سے چلتے وقت اب بھی روتی ہیں۔ میں تو ہرگز بھی نہ روؤں گی۔ بچپن گزرا، جوانی آئی اور وہ بھی ڈھل گئی۔ بس دانت گرنے باقی ہیں۔ بگلا سر ہو جائے گا جب دولھا کے ہاں بھیجیں گی پرسوں صدیقہ باتیں کرتے کرتے چیخی۔ "اچھی آپا تمھارے سفید بال!" اور میرا کلیجہ دھک سے ہو گیا۔

سارے دن ہڈیاں پیلتے ہو جاتی ہے۔

بڑے بھائی جان کے دفتر کا وقت ہے چولھے میں گھسو۔

ابّا کی چائے کا ٹائم ہے اُدھر دوڑو۔

بھیّا اور انمہ لڑ رہے ہیں اُن کا تصفیہ کراؤ۔

اور پھر وقت بے وقت کوئی مہمان آجائے تو اس کی خاطر مدارات میں دست بستہ کھڑے رہو۔

یہ بھی کوئی زندگی ہے۔

گلشن کے کُرتے جھگ سے باریک دوپٹے اور پھولوں میں بسے ہوئے دو۔ چھوتے مجھے اپنے ہاتھوں سے تو کرنے پڑتے ہیں۔ امّاں بی اور آپا کے؟

دل چاہتا ہے کہ اس موٹی ململ کی اوڑھنی اور گزی جیسے کُرتے کو تار تار کر دوں۔ چارپائی بھی بانس کی ہے۔ کسی دن چاروں چُولیں توڑ دوں گی۔ اِس کی اور پھر اپنے بھتیجے کو الگ میرے پاس ٹھُسوا دیتی ہیں۔ رات بھر سائیکل سی چلاتا ہے یہ ــــــ اور صبح جب میں بیدار ہوتی ہوں تو میرے پیٹ کی رگ رگ پھوڑے کی طرح دُکھتی ہے۔

محترمہ آمنہ نازلی

کے افسانوں اور ڈراموں کے متعلق اُردو کے ممتاز ادیبوں نے لکھا تھا۔

"بہن آمنہ نازلی کے مختصر ڈراموں اور افسانوں میں سب سے زیادہ قابل ذکر بات ان کی انفرادیت ہے۔ ایک جداگانہ حیثیت ان کا طرز بیان، دوسرے ادیبوں سے مختلف ہے۔ وہ اپنے کردار کو چہرہ چیلاں کی گلیوں سے لیتی ہیں۔"

ڈاکٹر شائستہ سہروردی اکرام اللہ

محترمہ آمنہ نازلی نے اپنے ڈراموں اور افسانوں میں ذہنی کشمکش اور قلبی واردات کے ساتھ کرداری نگاری۔ مکالمہ نویسی۔ قوت بیان اور مشاہدہ کی بہترین مثالیں پیش کی ہیں۔ زبان خاص دہلی کی ہے۔ انھوں نے عورتوں کے جذبات کی اتنی اچھی مصوری کی ہے کہ تعریف نہیں کی جاسکتی۔ وہ زندگی اور زندگی کی گہرائیوں سے خوب واقف ہیں۔ ان کا مشاہدہ بہت بلند ہے۔ طنز نگاری میں انھیں خاص ملکہ ہے۔ وہ اپنے زور قلم سے اپنے خاص انفرادی رنگ میں بڑی خوب صورتی سے کرداروں کو پیش کرتی ہیں۔ ان کے کردار اصلی سچے اور حقیقت سے قریب ہیں۔"

ڈاکٹر اعظم کریوی

اخبارات ورسائل کی رائے

محترمہ آمنہ نازلی کے افسانوں کی سب سے بڑی خصوصیت یہ ہے کہ وہ ہماری روزمرہ کی زندگی پر روشنی ڈالتی ہیں۔ آئے دن ہم جن حادثات سے دوچار ہوتے رہتے ہیں انھیں واقعات اور حادثات کو بہن آمنہ نازلی افسانہ بناکر دلکش مؤثر اور نصیحت خیز پیرایہ میں لکھ دیتی ہیں کہ پڑھنے والے عش عش کر اٹھتے ہیں۔

(حریم لکھنؤ)

جذبات کرداری تصویر کھینچنے میں محترمہ آمنہ نازلی کو ملکۂ خصوصی حاصل ہے زبان نہایت پاکیزہ ظرافت بے پناہ لیکن سنجیدہ۔ ڈرامہ کی ترکیب اور ساخت بالکل

فطرتی اور بے ساختہ۔ پھر دیہاتیوں اور عورتوں کی زبان بے حد دل فریب گرداروں میں غریب بھی ہیں امیر بھی۔ مہذب بھی۔ روشن خیال اور قدامت پسند بھی سب کا نقشہ اتنا صحیح کہ بے اختیار داد دینے کو جی چاہتا ہے۔

(انقلاب لاہور)

روزانہ گھریلو واقعات کو فاضل مصنفہ نے اپنے طرز نگارش سے اس قدر دلچسپ انداز میں لکھا ہے کہ آنکھوں کے سامنے حقیقت کا حال کھینچ جاتا ہے۔ آمنہ نازلی کی طبیعت میں اس قدر ظرافت اور رنگینی ہے کہ برصغیر کی خواتین میں بہت کم یہ بات ہے۔ لطف یہ کہ تمام ڈراموں کے پلاٹ اور مکالمہ میں خالص ہندوستانی نسوانیت کوٹ کوٹ کر بھری ہے۔ زبان نہایت سادہ اور ستھری۔ محترمہ آمنہ نازلی کے اس مجموعہ کو ہم ہندوستانی ادب میں ایک اچھا اضافہ سمجھتے ہیں۔

ہندوستانی ادب حیدرآباد دکن)

محترمہ آمنہ نازلی مشہور اور کہنہ مشق لکھنے والی ہیں۔ آپ کے افسانے ہمیشہ اصلاحی پہلو لئے ہوئے ہوتے ہیں اور یہی وہ چیز ہے جو بڑی حد تک آپ کا درجہ ہندوستان کی دیگر افسانہ نگار خواتین سے بلند کرتی ہے۔

(ذوالقرنین بدایوں)

محترمہ آمنہ نازلی عورتوں میں بہت مشہور لکھنے والی ہیں اور اپنے مخصوص انداز بیان کے باعث منفرد ہیں۔

"چمنستان دلی"

محترمہ آمنہ نازلی خوب لکھتی ہیں۔ ہندوستان بھر میں جو چند انشاپرداز خواتین ہیں ان میں آمنہ نازلی صاحبہ بہت نمایاں درجہ رکھتی ہیں۔

شان ہند ملتان

منتخب یادگار افسانوں کا ایک اور مجموعہ

آخر کون تھا وہ

مصنفہ : آمنہ نازلی

بین الاقوامی ایڈیشن جلد منظر عام پر آرہا ہے